SV

Bodo Morshäuser
Der weiße Wannsee
Ein Rausch

Suhrkamp

Erste Auflage 1993

Satz: Hümmer GmbH, Waldbüttelbrunn
Druck: Nomos Verlagsgesellschaft, Baden-Baden
Printed in Germany

Der weiße Wannsee

1

In jenem Sommer, als Menschenleben hier weniger wert geworden waren, bewohnte ich ein Haus in Wannsee, dem letzten Berliner Ortsteil vor Potsdam.

Nahe meiner Charlottenburger Stadtwohnung endete eine Einkaufmeile für Osteuropäer. Von Woche zu Woche kamen sie näher, und nun sah ich sie zum ersten Mal in dieser Straße auf hellen Kartons sitzen, warten, Brote essen. Zehn Meter weiter, vor dem Frühstückscafé, klirrten Sektgläser. Ich rechnete, daß meine Rückkehr aus Wannsee sich treffen könnte mit der Ankunft der Osteuropäer in Höhe meiner Haustür. Bei dem Freund im Hausflur steht in polnischer Sprache geschrieben: »Nicht in den Flur scheißen!«

Neben den Osteuropäern stellte eine Bekannte ihr Fahrrad ab. Die Haare unter eine rote Schirmmütze geklemmt, erkannte ich sie auf den ersten Blick nicht wieder. Sie erzählte von selbst.

Um Mitternacht aus dem Ubahnhof steigend, ihr Fahrrad suchend, die Kette öffnend, einen jungen Türken bemerkend, der an mehreren Fahrradschlössern ruckte, rief sie ihm zu, daß Räderklauen unsozial sei. Daraufhin wurde sie mit sexistischen Ausdrücken, wie sie sagte, beworfen, die ihr die Sprache raubten. Vor Wut winkte sie einem Polizeiauto. Die Beamten empfahlen ihr, Anzeige zu erstatten. Sie sagte ja. Dann wischte der Türke so schnell weg, wie sie noch keinen rennen sah. Der Polizeifunk fing ihn ein. Tags darauf wollte sie im Revier, um sich zu entschuldigen, den Namen des Jungen wissen. Datenschutz, hieß es. Man riet ihr, sich vorerst im Viertel nicht zu zeigen.

Mit dem kleinen Finger schob sie den Mützenrand hoch und wartete auf Mitgefühl, doch machte ihre Dummheit mich stumm. Sie hatte nicht bemerkt, wo sie wohnte inzwischen. Ihr Text war überholt. Westberlin vorbei. Guter Wille tödlich.

Fast verschwunden war das Original. Ich hatte lange keinen Berliner mehr gesehen. Erinnerte dazu ein Bild aus dem Jahr 1970. Am Ende der Halbstadt, in einer Kreuzberger Straße, an deren Ende die Mauer stand, war uns nicht nach Pizza, Kebab oder Currywurst. In einer häßlichen Kneipe gab es Spiegeleier und Bratkartoffeln. Der uralte Besitzer sagte, er würde das Lokal schließen, »Hier ist jetzt Ende der Welt«. Und dann verschwanden diese Lokale aus der ganzen halben Stadt, und man traf kaum mehr auf schrullige, Bouletten zerteilende Berliner, sondern auf breitmündige pizzamampfende Franken oder schmallippige kebabbeißende Schwaben. Erst die

Enkel des alten Mannes wagen dessen Gerichte wieder auf ihre Speisenkarten zu setzen.

Das Original überlebte in Ostberlin. Mit Berechtigungsschein auf Eintagesreise sah ich es. In den Unterführungen dort wurde gerempelt und geschubst wie im Westen längst nicht mehr. Da war kein bunter Punkt im graublauen Heer und kein erkennbares Gesicht, das Augen für den Weg gehabt hätte. Die ich sah, wußten nur ein Ziel, die nächste Bahn, das letzte Stück Fleisch. Hätte man sich akustisch vielerorten im Westen der Stadt ebensogut auf dem Campus von Tübingen vermuten können, so ließ der Osten, rein akustisch, keinen leisen Zweifel, wo man war.

Und jetzt merkten sie in Westberlin, daß die Berliner zurückkamen, daß die bereits verschwundenen Schrullen und Flappen und mickrigen Kinder ohne Augenbrauen und mit verstärktem Brillenglas wieder da waren, daß die ordinäre Hauswartsfrau wieder ihre Hunde ausführte und Fremde vertrieb, daß die Schnauze, dieses instinktiv genaue Sprechen vor dem Denken, immer öfter zu hören war; und sie sahen wieder diese ausgebeulten Familien, die sich, überfettet durch alle Generationen, vom Fleck zu schleppen versuchten; und die von ihren Vätern steifgeschlagenen Halbwüchsigen schwirrten durch die Stadt, um dieses Unrecht heimzuzahlen. Zum Unwillen vieler feiner Westberliner: Das Proletariat war wieder da.

Von Jana, die eben wieder umgezogen war, hatte ich eine Pankower Adresse. Ein Taxifahrer maulte: »Da wollen Sie hin? Da durfte man nie hin!« In diktaturlanger Kutschergewohnheit fuhr er an der unauffälligen Seitenstraße vorbei. Nach einer harten Bremsung lachte er und schaltete das Taxameter aus. So rollten wir in den Majakowskijring. Das Ende dieser Fahrt gehörte dem Mann am Steuer. Ich unterbrach ihn nicht, sondern freute mich mit ihm. Zum ersten Mal sei der Fünfzigjährige in dem »Bonzenviertel«, das immer abgeschirmt war von der in engen Häuschen untergebrachten »Aquariumspolizei«. Sein Kinn lag fast auf dem Lenkrad. Dann störte mich, daß er redete, als hätte er soeben erfahren, daß die Anführer der Entmündigten auch Adressen gehabt hatten.

Immer noch wohnten dort Prominente, die vielleicht zum ersten Mal in ihrem Leben bedauerten, es zu sein. Früher verdrückten sie sich in der abgeschirmten Ringstraße. Nun hätte jeder sie dort aufsuchen können. Einige waren öfter im Fernsehen zu sehen als dort auf der Straße. Allein ein Wind machte Geräusche im Laub.

In diesem Haus wohnte von 1950 bis 1964 Otto Grotewohl, Ministerpräsident der Deutschen Demokratischen Republik, zeigte ein Bronzeschild neben der Eingangstür an. Drinnen fiel der erste Blick auf ein Bronzerelief mit zwei ineinandergreifenden Händen. Mit der Hilfe von Behörden durfte Jana dort vorübergehend wohnen. Mit Hilfe wie unter Aufsicht von Behörden hatten auch in den Jahrzehnten der Diktatur, nach Grotewohls Tod, Künstler dort wohnen und arbeiten dürfen, wenn die Familien zerrüttet, die Gewohnheiten aufgeflogen waren, weil.

Jana zeigte mir die zweistöckige Villa, den Garten und die Terrassen. Wir bewegten uns nicht wie irgendwo. Fielen nicht wie gehetzte Reporter übers Bonzenheim her, sondern saßen wie Innenraum-Archäologen, die etwas erhalten wollten. Was nur?

Manche Türen waren abgeschlossen. Jede Raumwand holzvertäfelt. Im Keller eine Sauna (später ist ihr ein Blick ins sonst verriegelte Badezimmer gelungen: in die Ecke gekantet eine Wanne mit Vorhängen, davor zwei alte Sessel, auf den Badenden ausgerichtet).

Am hellsten Platz im Haus, im Wintergarten, waren Janas Notizen und Skizzen über Tisch, Stühle und Teppich verstreut. Im Erdgeschoß war dies der einzige Raum. Die Restfläche bestand aus ineinander übergehenden Sälen mit Dutzenden Stühlen sowie einer Großküche. Aus dem Garten hatte ein Park werden sollen, doch war die Wasser- und Steinlandschaft nur zur Hälfte gediehen. Die andere lag brach. Ein Häuschen auf demselben Grundstück war wendefertig hinterlassen: Bilder abgehängt, Persönliches weggeräumt oder hinter der verschlossenen Tür, die jedes Haus hatte, verbarrikadiert vor unverschämt Neugierigen wie Jana und mir.

Abends, in einer Pankower Kneipe, erinnerten die alten Möbel an früheste Schuppen ebenso wie an spätere Besetzerkneipen. Der Tresenmann übernahm einen Joint, drehte sich zum Publikum und brachte ihn für alle sichtbar zum Glühen. Gab ihn mit Kopfschütteln weiter. Die meisten tranken Bier. Manche waren um Whiskyflaschen geschart. Andere schubsten sich. Die Trinker waren betrunken, die Raucher bekifft, und zwei irrten umher und grinsten wie auf LSD. Drei, die wie Punks aussahen, zerkloppten einen Barhocker. Auf der Bühne ein Jazzquartett spielte Saxophonhits der fünfziger Jahre. Als müßte *alles gleichzeitig* nachgeholt werden.

Am Morgen nahm ich in einem der Sitzungszimmer die Holzverkleidung auseinander, indem ich die Platten mit den Fingerspitzen hob, winkelte und aus den Einfassungen rutschen ließ. Ich fand nur ein Bild von Otto Grotewohl. Hinter einer Übergardine war der repräsentative Rahmen mit der Vorderseite zur Wand auf dem Boden abgestellt. Ich zeigte es Jana. »Stell es wieder da hin« ihre Worte. Ich sah die ungebleichte Stelle der Tapete, an der es gehangen hatte. Ich wollte frühstücken, doch nicht in diesem Haus. Noch lieber, als ich hingekommen war, ging ich fort von dort.

2

Mit der Bahn nach Wannsee zu fahren dauerte keine halbe Stunde, und doch war es eine Reise.

Man geht durch Häuser und Gärten und fühlt sich zu einem Urteil wie »Sagt mir zu« oder »Sagt mir nicht zu« aufgefordert. Dieses Haus sagte mir vom ersten Moment an zu.

Der Schreibtisch stand im weißen Zimmer, wo nur der Teppich und die Stuhlbezüge hellblau waren. Und auf der weißen Tischplatte die weißen Blätter strahlten nicht. Auf ihnen war niedergeschrieben, wie es sich anfühlte, Deutscher zu sein.

Ich stand da wie gelähmt; ich saß oder lag im Haus oder im Garten herum, und mein Schauen war ein Den-Augen-Folgen, das mir eher geschah, als daß ich es tat. Tage, an denen ich früher im Adreßbuch blätterte. Wahrscheinlich tat ich viel, als ich nichts tat.

Ähnlich dämmernd und dösend verharrte ich fünf Mahlzeiten lang, die ich beim Room-Service anforderte, im siebzehnten Stock eines Hotels in der Lexington Avenue, bis es endlich normal wurde, daß ich, am Fenster sitzend, nicht auf andere Häuser hinab, sondern an ihnen hoch schaute, obwohl ich mich oben wähnte.

Wenn ich am fremden Platz, wo ich bleiben will, nicht verharre (bis ich mich dann *von selbst* bewege), sondern sogleich in Tätigkeiten abtauche, wird er nicht Ort für Erinnerung, sondern für folgen- und ausschweifungslose – nahezu nicht gewesene – Jetzigkeit.

Dieses Dämmern und Dösen schien mir nichts zu geben, nur vor anderem mich zu behüten, und darin bestand das Geschenk. Da mir so etwas – Erfahrung der Zwischenzeiten – schwante, hielt ich es angemessen stumpfsinnig durch. Ich wußte, danach würde etwas Neues beginnen.

»Ich« hieß: Warten. Ich sah mich in verschiedenen neuen Räumen, dösend, harrend – wie man eine Krankheit, die einem bekannt ist, »auf kleiner Flamme«, bei geringen Tätigkeiten, übersteht. Dann sah ich mich dort, wo ich angekommen, doch noch nicht eingetroffen war, geschweige denn mich eingerichtet hatte. Und dann sah ich mich in einem Fensterglas und vernahm nichts mehr *zwischen* den Räumen und mir, sondern dachte und sagte: Mein Raum, mein Haus. Und: Ich. Bevor ich mich einrichtete, richtete ich mich *auf etwas* ein.

Eines Morgens fragte ich mich, für wen ich mich schön machte Tag für Tag. Wer war Freund, wer Zeuge? Mirzuliebe, dachte ich (allen anderen war ich entkommen, so daß ich mich nun fragte, wo sie abgeblieben waren). So verließ ich rasiert das Badezimmer und ließ mir den Tag gefallen.

Ich liege, ich lag oben im Garten unter dem Apfelbaum und betrachtete durch die Höhensonnenbrille die von Westen herschwebenden, doch allesamt in einem Bogen um die Sonne ziehenden Wolkenschwaden. Die Stadt, das waren Geräusche, die von der Potsdam mit Berlin verbindenden Straße, durch Bäume gedämpft, bis zu dem Gartenplatz röhrten. Aber die Motoren störten nicht; sie gaben die Gewißheit, weiter der Welt nahe zu sein, die mir als Hintergrundgeräusch genehm war. Von hier blicke und blickte ich hoch in den Apfelbaum oder durch Schachtelhalmspitzen hinunter zu dem in der Gartensenke gelegenen Zugang zum Haus. Meine Welt war geschrumpft auf das Grundstück und die zu Fuß oder mit dem Rad erreichbaren Plätze und gewachsen um die Beobachtung von Wetter, Winden, weißen Wolken. Dies waren die Wegweiser. Richtungszeichen an Straßenrändern, auf Bahnsteigen oder in Verkehrsdurchsagen wurden mir nun gleichgültig. Sicher bewegte ich mich *mit* ihnen, doch nicht mehr hinter ihnen her. Selbst wenn ich vom vorgestellten Weg abkam, in einer Bahn saß, die woandershin fuhr oder im Stau dahinwartete, erreichte ich das jeweilige Tagesziel. Eher als außerhalb war es in mir. Die Orte, die ich unterwegs suchte, kannte ich nicht; wußte nur von ihren Bedingungen. Wenn ich auf diese stieß, war ich angekommen; egal, wo. Ein Zieleinlauf war dort selten markiert.

Manchmal kam ich am Ende eines Tages in den Gleichklang selbst dann, wenn ich nicht an eine einzige zufriedenstellende Handlung zurückdenken konnte, sondern nur an störungsloses Treibenlassen. Bald mußte ich mir nicht mehr vornehmen, weitab von Gruppen oder Familien meinen Unterwegs-Ort zu suchen, oder Seitenstraßen zu benutzen, oder den freien Tisch am Ende der Gaststätte zu entdecken; mit der Zeit fanden die abgelegenen Orte und ich traumwandlerisch zusammen; ich war sicher, daß am Rand einer Menschenansammlung mein abgeschiedener, bis dahin von niemand bemerkter Platz war, und ich ging auf ihn zu wie kein erstes Mal. Ohne Anstrengung und ohne es mir als Besonderes einzureden, konnte ich fast überall am Rand mit – wenn ich wollte – Blick auf die Mitte für mich sein. Kaum jemand versuchte, den Abgeschiedenen zu stören; schon gar nicht, ihn einzuweihen.

Erst dann saß ich in dem weißen Zimmer am weißen Tisch vor den Blättern. War ich davon erschöpft, ging in Babelsberg noch lange nicht die Sonne unter. Mir war, als gebe es jeden Tag zwei Nachmittage. War der erste vorüber, nahm ich das Fahrrad und trat durch bis zum Abend. Nach dem Duschen saß ich vor den

Blättern und prüfte irgendwann, ob das Fernsehen mich ablenken könnte. Es war Hinweis, nicht Ablenkung. Dunkelhäutige wurden aus Straßenbahnen geworfen und starben daran.

Endlich hatte ich einen Rhythmus gefunden, die viele Zeit in Teilzeiten getrennt, jede gefüllt mit Tätigkeiten oder Erholung davon. Das Manuskript wurde in wenigen Tagen fertig. Nur wußte es keiner. Wieder hatte ich den Schluß eines Buches geschrieben und es nicht bemerkt. Erst Wochen später, wie üblich unterwegs, auf den Straßen der Stadt, *freute* ich mich über den Abschluß.

Tagsüber in den Scheiben von EUROMARKT oder SPARKASSE entdeckte ich, wie sich einer aus mir herausschälte; einer, dessen Zeit gekommen zu sein schien. Ich ging aufrecht. Schaute nicht auf den Boden. Und selbst wenn, dann als jemand, der würdigte, daß dieser Boden ihn hielt.

Täglich weiße Kleidung. Keine andere paßte. Eine dunkle Hose tragend (fast schleppend), kam ich auf keine Schwingung. Ich zog sie aus, eine weiße an, und alles war gut.

Ich war herumgekommen. Hatte nun genug davon, mich anzupassen ans anderswo Normale. Satt die Welt der Speisewagen und Flugzeugessen. Satt Einladungen, die in Hotelbars beginnen und in Hotelbars enden. Satt die Trostlosigkeit, überall zu Hause zu sein. Weltläufigkeit erschien mir wie das Verkriechen in eine Zimmerecke, die es in keinem Zimmer gibt. Endlich war ich angekommen.

Zurück im Land der Belehrungen, in der Rempelstadt. Schubssprache. Befehlsbrutal. Oben lächeln, unten treten. Immer jemand in der Nähe, der weiß, was zu tun, was zu lassen ist. In der zweiten Reihe immer ein Kopfschüttler. Den Kopf schüttelt der, der die Hände frei hat.

Die Fremde war nun das Wiedergekommensein. Ich hatte nichts zu sagen, mir lag nicht daran, schwerzuphilosophieren. Der Wiedergekehrte hat es gern unaufwendig und zielgerichtet. Handgriffe, für die keine Wörter nötig sind. Guter Dinge schweigt der Fremde. Sprechen tun die Angekommenen, die Hier-und-dort-Unterscheider, die Sofortschlauen.

Von der Reiserei blieben fünfsechs Bilder deutlich übrig. Dafür war der Seßhafte in den Schwebezustand gewechselt. Doch bald hatte er den Wunsch, ansässig zu werden. Schluß mit Zöllnern, Airport-Shuttles, Zu- und Abbringern! Hatte es satt, als Sprachgestörter und Tauber, als Ausländer umherzutorkeln und von Woche zu Woche Gruß- und Abschiedsfloskeln zu lernen. Domo arigato!

Klumpen, Prägung, Verwitterung. Erst der Blick aufs Ungewisse, dann die Anschauung, dann zerzaustes Nirgendwohinblinzeln. Ich sah eine Kette. Die Glieder am einen Ende sahen denen am anderen kaum mehr ähnlich, doch glich jedes dem daneben. Das deine Jahre, dachte ich. Der ich war, hatte ich werden wollen, sagte ich einen Vormittag lang vor mich hin und hatte das Gefühl, vor Freude irrsinnig zu werden, sowie den Verstand, an diesem Punkt innezuhalten.

Wie oft behauptet wird, jemand habe sich verändert. Ich habe mich nicht verändert. Etwas Langgewußtes, Halbvergessenes ist wiedergekehrt. Wie heißt einer, der weiß, daß ihm die passenden Antworten von nun an sofort, nicht nachher einfallen werden?

Unterwegs und zu Hause in den Bildern aus Ostdeutschland sah ich ähnliches. Eine Veränderung ohne Veränderer. Der sogenannten Revolution war kein Revolutionär, kein Wortführer gegönnt. Vielmehr schien eine Konstellation verschiedener, aufs selbe hinzielender Einzelheiten wirken und das System fast ohne einen tödlichen Schuß ändern zu können. Jahrzehnte würden vergehen, bis die Konstellation dieses Moments zu fassen wäre.

Einmal spät am Nachmittag in den Augenwinkeln ein Entenpaar im Gras. Das Weibchen ließ sich nieder, das Männchen, in alle Richtungen schauend, taperte aufs Haus zu, wo ich, unsichtbar, hinter einer Scheibe stand. Es prüfte, ob dies ein Platz zum Bleiben wäre. Schneller platschte es zurück und ließ sich neben dem Weibchen nieder. Sie schauten eine Stunde Richtung Norden. Ungesehen, wie gekommen, verschwanden sie auch.

3

Auf dem Gelände der Babelsberger Filmstudios probte Jana mit Tänzerinnen und Schauspielern ein Stück. Ich durfte den ersten Durchlauf anschauen. Auf dem Gelände herumfahrend, erkannte ich wieder, was ich von deutschen Konzentrationslagern in Erinnerung hatte. Eine Mitfahrerin sagte in diesen mich verwirrenden Sekunden, dort könne man »konzentriert« arbeiten; dort sei es »wie ausgestorben«. Ich war nah daran, einen für andere unmotivierten Schrei auszustoßen. Der Weg war so eng, daß ich die längliche Ordnung der Blocks nicht sehen mußte und Erinnerungen an die schlimmsten deutschen Nutzbauten mich nicht länger traktierten.

Als wäre niemand dagewesen auf dem weiten Gelände. Nie war jemand in den Barackenstädtchen, wenn ich sie aufsuchte. Sie waren leer, und immer war es *danach*. Noch ein falsches Wort hätte mich rasend gemacht. So blieb ich draußen im Wind, bis die Truppe zu spielen begann.

Nach der Vorführung, in der ich sechs Frauen und zwei Männer sah, sagte ich zu Jana, sie hätte ein Stück über Männer inszeniert, und gratulierte zu der Idee, einen Mann zu zeigen, indem sie zwei spielen ließ.

Jana hatte mich auf die Gestik von Männern aufmerksam gemacht, die allüberall, auch in mir waren. Sie führte deren Hemmungen und Beschränkungen Stück für Stück in ihrer Arbeit vor. Immer gab sie mir zu verstehen, daß auch ich einer wäre, dem sie etwas abschaute. Ihr letztes Stück verließ ich nach dem Vorhang, ohne zum anschließenden Umtrunk zu bleiben. Zu lange hatte ich auf der Bühne mich zu sehen gemeint. Alles, was ich danach wollte, war, Ubahn zu fahren und andere zu sehen. Ich mochte diesen Teil ihrer Arbeit. Daß ich mich hin und wieder ertappt fühlte, stärkte sie und schwächte mich nicht.

Anstatt mich nach Wannsee zu schaffen, das, wie man erst lernen mußte, an Babelsberg grenzt, ließ ich mich nach Kreuzberg fahren, wo die Truppe sich in einer Pizzeria traf. »Die DDR-Szene ist so enorm unaffektiert, weißt du?« Ich sehnte mich nach dem kühlen Babelsberger Boden zurück, den die Tänzerinnen zum Schwingen gebracht hatten.

Im Gespräch mit einem Schauspieler stellte sich heraus, daß er zu seiner Rolle selber nur Fragen hatte. Jana erzählte mir innerhalb von fünf Minuten mehr über seine Rolle als ihm in drei Probenwochen. »Weil du von selbst darauf gekommen bist«, sagte sie später. »Ich sage denen nichts. Die kommen von allein drauf, oder eben nicht.«

Erst das Morgendämmern hinter der Scheibe

machte aus dem aufgekratzten Theatervolk ein Treffen Einzelner, von denen jeder nun einen Weg vor sich hatte und gehen wollte.

Mein Vater lag im Krankenhaus. Dort wartete er auf eine Operation. In den kommenden Tagen würde sein Brustkorb aufgesägt und beide Hälften dreißig-vierzig Zentimeter für mehrere Stunden auseinandergeklemmt werden. Dann würden ihm Schläuche eingesetzt werden, wo die Herzkammern kaum noch Zufuhr bekamen. Danach würden sie die Klammern lösen, den Brustkorb in die alte Stellung bringen und ihn zusammennähen. Es war der zweitschwerste Eingriff in diesem Bereich nach einer Herztransplantation. Nebenbei würde die linke Halsschlagader ausgewechselt werden gegen ein gut erhaltenes Stück Ader aus der Innenseite des rechten Beins.

Ich besuchte ihn am Tag vor der Operation. Dort lagen zwei andere Männer. Keiner erwartete einen ähnlich gefährlichen Eingriff. Doch sie klagten und jammerten über alles und jedes, also am Ende über sich. Der Vater dagegen, mit der weitaus gesündesten Gesichtsfarbe, unterhielt die anderen und lenkte sie von ihren Leiden ab. Dann stand der Narkosearzt vor seinem Bett und fragte Reaktionen auf bestimmte Medikamente ab, um Allergien und Empfindlichkeiten zu erfahren. Der Vater stellte sich in bestem Licht dar, und ich, der Besucher, fürchtete, er würde nun übertreiben und den Arzt in die Irre führen mit seinem Gesundheitsgefühl. Ich hatte viel mehr Angst und Zweifel in dieses Haus mitgebracht, als es einem dort auf seine Operation Wartenden guttun könnte.

Er munterte mich auf; nicht ich ihn. Am nächsten Mittag könne ich anrufen und die Nachricht erfahren, sagte er. Seine Offenheit verklemmte mir die Sprache. Ich verabschiedete mich fast ohne Worte, aber mit einer unserer seltenen Umarmungen. Als ich draußen noch einmal zum Flurfenster zurückschaute, winkten wir uns zu. Ich sah eines der jüngsten Gesichter von ihm, die ich kannte. Und wenige Sekunden später, dem Krankenhaus entkommen, auf einer menschenleeren Brücke, weinte ich, als weinte ich um alle Härte, die der Mann und ich neben der Liebe (als gehörten Härte und Liebe zusammen) einander aufgezwungen hatten. Dann bemerkte ich, daß ich in dem Gedankenbild nicht ihn im Fenster hocken und winken, sondern mich weggehen sah.

4

»Du brauchst einen Zeugen! Sonst wirst du nicht hiergewesen sein«, sagte Coco zu dem Fernsehreporter aus Deutschland, der in einem caracenischen Vorort auf einer Steinmauer saß und Obst verzehrte. Ein Clan, der ihn umzingelte, konnte den Deutschen nicht verstören, nur ermuntern. (Coco holte mich am Flughafen ab, wir fuhren zum Haus, und er kochte etwas. Ich fragte ihn, was er mache. – »Ich bin Koch«, seine Antwort, »denn du fragst mich beim Kochen. Vorhin war ich Chauffeur.«)

Der Reporter wurde von dem Clan zur Ruine einer Zuckerrohrfabrik vor der Stadt geführt, die von den Behörden vergessen und von Coco und seinen Kindern besetzt worden war. Sie aßen am Feuer, rauchten Marihuana und sackten weit in der Nacht weg. Am nächsten Tag fuhr der Indio den Deutschen ins Villenviertel Las Palmas, wo Landsleute vom Fernsehen ihren Mann bereits erwarteten. Einige waren zum ersten Mal in Gesellschaft eines, wie sie sagten, Ureinwohners. Selbst dortige Städter hatten vor einem wie Coco Angst. Sie sahen, daß er aus den Bergen kam. Keine Zivilisation hatte ihm ihr Gesicht geben können. Das schulterlange volle wellige Haar rahmte ein Gesicht mit platter breiter Nase, wulstigen Lippen und ausladendem Kiefer ein und machte aus Coco *keinen von denen.* Alle neugierigen Andeutungen der Landsleute beendete der Reporter: »Das ist Coco, mein Zeuge.« Sie klatschten die Handflächen gegeneinander.

Einen Zeugen zu haben, wünschte ich mir in San Francisco, wo ich monatelang gewesen war wie nicht. Aber auch anderswo fiel ich in erbärmliches zeugenloses gespenstergleiches Umherwandeln ohne Erinnerung, wo ich gewesen war, da keiner mich fragte. Viel leichter erinnere ich mit Zeugen verbrachte Tage als zeugenlose. Wer mich unterwegs kurz ansprach, ist mir heute im Gedächtnis. Lange Autofahrten zu zweit oder zu dritt, Flüge sind bewahrt. Und irgend jemand kommt mir in Menschenansammlungen immer bekannt vor. Der Reisende verlegte sich auf Flüchtigkeitszeugen, in Bahnhöfen und Flughäfen, denen wiederzubegegnen unwahrscheinlich war. Zeugenlos, wurde ich am falschen Ort falsch intim. Kein Zeuge, keine Intimität.

Zugleich wußte ich nach dem Abflug aus der Stadt, daß ich fortan allein sein würde. Drei Jahre lang kam ich nur zum Umpacken zurück.

Nun erscheint mir die anfängliche Wartezeit in dem mir neuen Haus wie die Bedenkpause, bis ich wußte, wen ich in diesem Sommer nach Wannsee einladen würde. Die zwei, die mehrmals kamen, waren die Zeugin und der Zeuge dieses Sommers.

Und ähnlich wie die Mitarbeiter des deutschen Reporters in Caracas nicht verstehen konnten, was den Indio und den Fernsehmann verband, sahen nur wenige, worin ich mit dem Freund, bei allen Unterschieden, einig war.

Unsere Wege trafen und trennten sich, wir begeisterten uns und kühlten ab. Wir hatten uns gefallen, genervt, getrennt und wieder gefunden. Die Freundschaft bekam Form, seit wir bei Meinungsverschiedenheiten nicht nur stumm auseinandergingen, sondern uns nach allen Regeln der Übertreibung verkrachten. Wir hätten über die Jahre nicht behauptet, Freunde zu sein (jeder kam und ging, wann er wollte; keiner fragte nach), stellten uns aber auch nichts in den Weg. So war jedes Wiedersehen ein Anlaß zu erzählen.

An einem der ersten wärmeren Tage dieses Jahres trafen wir uns zum Frühstück im Freien. Ich war von da gekommen, wo ich drei Jahre vorher übers Deutsche nachzudenken begonnen hatte. Der Freund hatte Aufnahmen mit einem brasilianischen Saxophonisten gemacht. Nach dem Frühstück rollten wir mit seinem großen Auto aus der Stadt hinaus wie früher nie, und er lenkte uns zu seinem ersten Entdeckerplatz, einem Hochstand bei Güterfelde.

Westberlinern war seit kurzem geschenkt, was niemand sonst so spät bekommt: die nächste Umgebung. Erwachsene Menschen entdeckten erstmals im Leben die Quartiere, die an die eigenen grenzten. Man wußte von den Weltmeeren zu erzählen, doch nicht vom Fortlauf der Havel hinter der Glienicker Brücke. Bevor ich nach Potsdam bei Berlin kam, war ich im Auto bereits durch Potsdam in Minnesota gerollt.

Wir parkten nahe der Landstraße und gingen, anbei den Hund, in den Wald. An jeder Wegegabelung waren Müllhaufen aus Automotoren, Kühlschränken, Matratzen und Kleinzeug. Dann weitete ein vergessenes Kornfeld die Aussicht, und an seinem Saum entlang kamen wir zu dem Hochstand. Der unten gebliebene Hund winselte und versuchte hochzukommen. Da dies nicht möglich war, hielt er am Fuß der Leiter Wache.

Wir überblickten sämtliche zum Hochstand führenden Wege und erkannten am Ende des Kornfelds eine militärische Anlage. »Schön«, sagte ich manchmal zu dem Neuen, doch war das Neue unübersehbar Überbleibsel des alten verfluchten und vergangenen Staates. Wir feierten die neue Bewegungsfreiheit und verdammten das, was wir durch sie zu sehen bekamen. Es war schön dortzusein und oft häßlich, genauer hinzuschauen.

Sechzehn Jahre alt, stieg der Freund am zwanzigsten Jahrestag des untergegangenen Staates im Bahnhof

Berlin-Buch ein und am Spittelmarkt aus. Der Westsender hatte gefunkt, an diesem Tag würden die Rolling Stones auf dem Dach des an der Mauer gelegenen Verlagshauses ein Konzert in Richtung Osten geben. Während in der Allee der Staat sich militärisch selbstfeierte, warteten die Fans am Spittelmarkt auf das Ereignis, aus dem ein anderes wurde. Nirgends die Rolling Stones, überall Volkspolizisten. Die Menge skandierte Namen abgesetzter tschechischer Politiker. Dem Sechzehnjährigen wurde es mulmig. Er rannte weg, ein Mann stellte ihm ein Bein, und die Polizei nahm den Jungen fest. »Das war mein Tritt ins Leben«, sagt er heute. Das Leben begann mit zwei Jahren Gefängnis.

Eines Tages in diesem Sommer stand in seiner Wohnung der alte Schreibtisch, den er schon als Kind hatte. Nachdem die Bundesrepublik den Achtzehnjährigen abgekauft hatte, war der ohne etwas angekommen. Verwandte, die zehn Jahre später übersiedelten, nahmen alle, auch seine Möbel mit. Damals hätte er sie nicht haben wollen. In diesem Sommer aber nahm er die Möbel als seine eigenen. Alle dem alten Staat entkommenen Verwandten richteten sich in diesem Jahr neu ein. Wenn Besuch aus der Heimat kam – und nun konnte jeder kommen –, sollte kein Ostmöbel mehr zu sehen sein.

Achtzehn Jahre Osten, zwanzig Jahre Westen in sich, stieß der Freund sich an allen Gralshütern des untergegangenen Staates. Er war in Ostberlin Verfolgter, Zugeführter, Gefangener, Abgeschobener gewesen. Es gab etwas, das ich nicht empfinden konnte wie er. Im Jahr der Geschichte wurde er seiner Geschichte gewärtig, wurde zum nicht zu unterbrechenden Kommentator dieser epochalen Krümmung. Ich redete von Versöhnung und gegen Vergeltung. Der Freund wollte Rache.

Nachdem wir der schnellen Affekte müde und mit den Nacherzählungen am Ende waren, wurde der Hochstand ein Ruheplatz. Wir wagten uns wieder an das Thema, über dem wir uns ein halbes Jahr vorher zerworfen hatten.

Seine Witterung erlaubte ihm, Wochen vorher zu verkünden, die Mauer würde nicht mehr lange stehen. Und von jenem Datum an, als alle Welt sich freute, war er bedrückt wie vorher nicht. Seine Rede war, alles sei zu Ende, »das graublaue Heer« werfe »uns« dreißig Jahre zurück, Westberlin sei gestorben, und er mit ihm. Ich erwiderte und erwiderte. Er sagte »ihr«, wenn er mich anredete. In Erinnerung an seine eigene Ankunft vor zwanzig Jahren fiel er in eine Depression, die in jenen euphorischen Monaten nur jemand verstehen konnte, der wie er aus dem Osten kam. Da hatten wir im Herbst nicht weitergewußt und waren kopfschüttelnd fortgegangen. Nun saßen wir in der Enge des Hochstands nebeneinander, schauten uns nur selten an und hörten einander zu.

Freund des Freundes ist ein englischer Bullterrier, weiß, mit einem schwarzen Auge; eine in diesem Sommer mit dem Kürzel »Kampfhund« bekanntgewordene Rasse. Er hat den Rüden seit vier Jahren, und ich bin dem (Wort von damals) Köter ausgewichen, wie ich nur konnte, und störte mich selbst an seinem Hinpflanzen in meiner Nähe. Der Freund sagte, der Hund möge mich, ich lachte ihn aus. Der entschiedene Hundefeind war ich allerdings ebensowenig. War nur ungeübt und machte lieber keine als eine falsche Bewegung. Zudem hatte mich keine Menschenfreundschaft bisher mit Hunden zusammengebracht. Und an jenem Tag im Sommer letzten Jahres, als unser Streit unschlichtbar war, so daß wir uns den Winter über sein ließen, waren Bewegungen des Hundes auf mich zu (die mich nervten und, wie ich fürchtete, dadurch auch den Hund) und des Freundes kompromißlose Ungeduld das unser Zerwürfnis Auslösende. In meinen Augen war er, seit er diesen Hund hatte, schwach geworden. Der Hund dagegen wußte nichts von der Furcht, die andere hatten. Und ich stieß mich eher an den Allüren des Halters als am Hund – den Hund hatte ich damals noch gar nicht *gesehen* (sondern nur ein wie feststehendes Bild von solchen Hunden und Haltern).

Erst in diesem Frühsommer bekam ich Auge und Sinn für das Tier. Im Winter hatte ich an fremden Tischen, wo die Vorurteile nur so brummten, Hunde und Halter wie diese verteidigt. Jene, die so laut Bescheid zu wissen vorgaben, kannten die Hunde nur vom Weglaufen, und die Halter hielten sie, ganz wie die Medien es in jenen Wochen vorgeschrieben hatten, für Zuhälter oder Rauschgifthändler. Eher redete ich gegen die Hysterie an als gegen die paar Menschen in ihren Gesinnungsklubs. Die Hunde waren ein Modethema, und unterwegs merkte ich fast jeder entgegenkommenden Angstgestalt an, daß in ihr etwas wachgesagt wurde, das eine elektronische Übertragung kurz vorher eingegeben hatte. Selbst jene, die hinter uns stehenblieben, bemerkte ich. Auf diese Weise und aus diesem Blick heraus schaute auch ich nun den Hund an; wollte wissen, wo die Gefahr lag. In seiner Ausstrahlung? Oder in den Vorstellungen derer, die angespannt waren und sich genötigt fühlten, als käme ein Löwe auf sie zu? Immer klarer wurde, daß die Angstgestalten (zu denen ich selber einmal gehörte) Informationsgeplagte waren, die verlernt hatten, der Anschauung zu trauen. Und mit der Zeit störten und gefährdeten jene den Frieden, die in dem Hund ihr Bild (das Medienfeindbildgemisch) sahen und nicht den Hund. In diesem Frühjahr dann, wir saßen auf den Straßenstühlen eines Cafés, stieß einer seine Frau zum Hund hin, so daß sie aufschrie; der Mann riß sie sofort zurück und lachte bellend. Während dieser Wochen hätte man einem »Kampfhundbesitzer« diesen Ablauf nicht geglaubt. Der Hund war mir immerhin einer geworden, der nicht störte.

Als die Tage heller, länger, doch noch nicht wärmer waren, verließen wir mit dem großen Auto täglich tagsüber die Stadt – jede eine Entdeckungsfahrt; allerorten zum ersten Mal – und auf dem Rücksitz war, solange wir fuhren, der Hund. Hielten wir an, stromerte er durchs Gelände. Rief der Freund ihn, kam er. Wir fanden Plätze an Seen und suchten uns für das erste Getränk im Freien die abgelegene, unbenutzte Seite der Gaststätte. In dem Gartenlokal kam es zu einer unerwarteten Begegnung zwischen dem Hund und der ansässigen Katze. In seiner Art, an jedem, der in der Nähe ist, einmal vorbeizugehen (wie um zu grüßen), trödelte er, schon langsamer, der Katze entgegen; diese schwoll an, bäumte sich auf und fauchte zum Hund hin; der wich aus, drehte sich und kam nicht mehr an diesen Fleck zurück (den auch die Katze sogleich verließ). Auf dem Weg zum Auto begegneten die beiden sich nochmals, einer schlurfte gütig am anderen vorbei, und sie schauten sich nach. Erstmals sah ich den Hund: er bellt nur in großer Aufregung. Er ist träge; zu faul, um zu nerven; zu feinsinnig, denke ich heute, und wenn da jemand kommt, geht er hin, und weiter; und kommt nicht wieder, wenn er nicht gelockt wird. Begegnet er Hunden, überwiegt offenbar das Staunen jedweden Drang, mehr als zu balgen, gar zu kämpfen. Ausgerechnet das katzenhaft Lassende, Zufriedenheit Verströmende gefiel mir mehr und mehr.

Ein anderes Mal fanden wir einen stillen Platz am See, wo nur eine Familie neben ihrem Trabant auf einer Wolldecke saß. Die Kinder liefen dem Hund nach, dem Hund gefiel es, er lief den Kindern nach. Dann hatten alle einen Platz. Die Eltern aber packten, spannten die Kinder ins Deckeausschütteln ein und ratterten fort. Bald darauf staubten zwei Männer im Gebrauchtwestwagen bis an den Rand des Wassers, zogen die abgerutschten Hosen bis unter die Wampenansätze hoch und führten sich vor uns am Ufer Sitzenden auf. Auch unseren abgelegenen Ort bezogen sie in ihre Inspektion ein. Schon taperte der Hund auf sie zu und verharrte neben den Fremden, schaute dabei aber in seine eigene Richtung und kam ihnen nicht nahe; schnüffelte im Gebüsch nebenan ... schlabberte das Seewasser auf. Ließ die Männer. Deren Kreise allerdings waren deutlich, um ihr Auto herum, enger gezogen. Zu uns kamen sie nicht mehr. Nach einem Zwiegespräch beim Blick aufs Wasser stiegen sie ein und bretterten über die Baumwurzeln fort. Zwischendurch war ein einzelner Mann gekommen, der am anderen Ende des schmalen Strandfleckens lag und las. Als der Hund bei ihm vorbeikam, schaute er kurz hin und – Lesender! – zurück in sein Buch. Nun ließ der Hund sich neben ihm nieder und staunte in die Luft.

So war die Wirkung des Hundes eine angleichende. Den Auftrumpfenden wird ihre Reichweite gewahr; die Stillen bekommen einen Verbündeten. Das Bild vom Unhund war dahin; es war der Freund des Freundes.

Der besaß nicht nur wieder seine alten eigenen Möbel; auch Papiere, die sein früheres Leben dokumentierten. Seine Mutter hatte den nach der Festnahme entstandenen Schriftwechsel aufbewahrt und dem Sohn übergeben, damit der Entschädigung beantragen könne. In der Mappe mit Beschreibungen von Sachverhalten, Beschlüssen und dem Urteil lagen auch Briefe, die der Siebzehnjährige im Gefängnis geschrieben und an seine Mutter geschickt hatte. Zuerst wagte er nicht, diese Briefe zu lesen. Er fürchtete die Begegnung mit einer Person, die er gewesen war, aber nicht mehr erinnerte. Er fürchtete in einen hineinzublicken, den er verachten müßte. Sein Ausweg war, daß er, als ich wieder auf der anderen Seite seines alten Schreibtisches saß, mir aus den Briefen vorlas. In jedem hatte seine Mutter damals gelesen, daß es ihrem Sohn gut erging (was nicht stimmte) und daß sein Wunsch war zurückzukommen. Dieser Artigkeit, die mich nicht wunderte, nun gegenübergestellt zu sein, hatte er befürchtet; meine Anwesenheit erleichterte ihm die Begegnung. Mir fiel dagegen nicht der Riß zwischen der damaligen und der heutigen Person auf, sondern das Gemeinsame. Er sah eine Trennung, ich die Verbindung. In jedem zweiten Brief hatte er sich nach dem Befinden des damaligen Hundes erkundigt und von seinem Wunsch geschrieben, wieder musizieren zu können. Während er dies vorlas, lag im Korb der weiße Hund und schaute mal ihn, mal mich an, und griffbereit neben dem Tisch ragte die rote Gitarre aus dem Ständer. Man verändere sich weniger, als man denke, sagte ich. Der Freund hatte den harten Unterschied erwartet und sah nun wieder eine Verbindung mit dem Halbwüchsigen im anderen Staat, zu dem er nach zwanzig Jahren zum ersten Mal Kontakt aufgenommen hatte.

»Ich bin nicht der authentische Trottel«, hatte ich einmal geschrieben. Der Freund erinnerte mich öfter an diesen Satz und verriet, welche ihm bekannten Menschen er in einem Text wiedererkannt hatte. Ich jedoch bestritt, daß die Figuren etwas mit Menschen zu tun hätten, die wir kannten. »Ich weiß, du bist nicht der authentische Trottel«, grinste er mich an – kurz bevor ich den Schreibtisch abräumte und auf Reisen ging.

Das Versteckspiel war, von Menschen, denen ich begegnet war, zu erzählen, nach dem Verschlüsseln jedoch zu behaupten, das Erzählte sei erfunden. Gleichzeitig aber klopfte der Anspruch mit, von dieser Welt zu sprechen, Wiedererkennung anzustreben.

Falsch! Zwischen der Erfindungsbremse und der Nachvollziehensbremse lavierend, kommt so einer nicht auf Touren, schon gar nicht auf die angemessene Drehzahl. Er ist immer nur halb begeistert von diesem oder jenem, führt seines auch artig aus und wird, sich damit begnügend, so lange, wie er erzählt, spüren, daß er der eigentlichen, der eigenwirklichen, der das Eigene verwirklichenden Erzählung so fern ist wie zu Beginn seines ersten Anfangs.

Damals ahnte ich dies und räumte den Tisch ab. So wenig, was ich in den Wartejahren als schreibenswürdig empfand! Und wenn, dann schlingerte ich beim »wie« und fand keine Übereinstimmung mit den Sätzen, die rasch zur Fremdsprache wurden. Ich verfügte über die Mittel, etwas so oder so zu nennen. Gab mich damit zufrieden. Und wurde unzufrieden, da ich immer wieder nur auf Text schaute. Die Erzählung hinter den bisherigen Erzählungen war mein Ziel!

Heute lachen wir gemeinsam über den damaligen Satz. Solch einer fiele mir nicht mehr zu. Ich werde diesen Sommer erhalten. Fern ist mir »Erfindung«. Ich würde mich unterfordert und aufs Faxenmachen beschränkt fühlen.

5

In der Flughafenhalle blieb vor uns eine Frau stehen und fragte, als kennten sie sich lange, die Freundin nach deren Befinden. Noch während der Antwort legte die Frau im Kurzinterviewtempo zweite und dritte Fragen nach. Im nächsten Moment sah ich vier uraltjunge Frauen hart und freundlich auf uns herabschauen, als sähen sie bei uns etwas, das wir nicht zeigen wollten. »Und wer ist der nette Mann?« – »Ein Freund.« Wäre nicht der von ihnen erwartete Sektenführer – wenn auch erst hinter der Paßkontrollgrenze – erschienen und hätten die Hechelnden sich also nicht abgewandt, endlich nachgegeben und uns für uns gelassen … So aber, mit der Hilfe des graubärtigen Mannes, der immer noch wartender Passagier war, löste die beginnende Anmaßung sich auf, und das in mir entstandene Bild wurde, da die Frauen ihrem Helden zuwinkten und für uns kein Auge mehr hatten, deutlich wie die Antwort, die ich nicht gegeben hatte: Als die Frau mit den Wörtern noch bei dem Wie-geht-es-dir-Eingang war, stocherten ihre Blicke in der Freundin herum, als betrachtete sie die unter ihr Sitzende von innen heraus und nicht von außen. Schaute sie die Freundin oder mich an, so sah es jedesmal aus, als durchschaute sie uns. Jedoch nicht, weil ihr etwas aufging, sondern weil sie anders als gierig nach dem Intimen nicht blicken konnte.

In dem Film »Rosemary's Baby« habe ich dieses Bild, diesen Blick zum ersten Mal gesehen: das Gieren der alten Frau nach der schwangeren Rosemary. Ihr Ungeborenes ist bereits zum Kultobjekt der Sekte bestimmt, der die Alte angehört. Sie werden ihr das Kind nehmen. Später war dieser Blick studentische Zeitgeistbegleitung – als die Seele »Psyche« wurde, als mit dem mißhandelten Vokabular jene mißhandelt wurden, die dieser Wörter nicht mächtig waren.

Schaute im ersten Bild eine Sechzigjährige, waren es im zweiten Bild Zwanzigjährige und im dritten hier diese Vierzigjährigen. Allesamt Eindringlinge, die stechmückengleich dein Blut benötigen, um nicht plötzlich, in der Mitte eines Tages, auszutrocknen, weil nichts mehr da ist.

Die Freundin und ich waren ein Gesprächspaar, das sich in Restaurants traf. Die Abschiedsküsse wurden von Mal zu Mal inniger. Nach dem letzten Abschied – sie verschwand in ihrem Haus – »setzte ich mich nieder«. Nachts um zwei rauchte ich in einer Wartehalle gleich an ihrer Ecke die eben gedrehte Zigarette und träumte nichts Bestimmtes, also alles Gute vor mich hin und in den Nachthimmel hoch.

Was tun zwei, die nicht Gesprächspaar bleiben wollen und deren Abschiedskuß die Dauer eines

Küßchens überschritten hat? Nichts ist falscher als der berühmte Ruck zum Liebespaar. Nichts Hektisches lockte mich. »Das erste Mal« wollte ich als Fest, als Rausch erlebt haben (nicht als letztes Weiterwissen bei aufkommender Müdigkeit).

Sie ging zum Flugzeug, und ich fuhr nach Wannsee.

Nach unseren ersten Treffen war ich in Gefahr, alles falsch zu machen. Ich wünschte auszusprechen, was sie mir bedeutete, und fürchtete mich zugleich davor. Würde ich es sagen, dachte ich, wären der Zauber, die unbeschreiblichen Blicke oder die Geduld, sich an nichtssagenden Orten aufzuhalten, nur weil der andere dort ist, dahin. Nach dem Treffen aufgequirlt zu Hause angekommen und noch ihren Kuß schmekkend, hatte ich Lust, sie sogleich anzurufen, was ich nicht tat, und lag stundenlang mit der Bilderschau des vergangenen Tages wach. »Bloß nicht Liebe markieren! Erst achten, dann Achtung nicht verlieren! Liebe ruft nach Worten, und Wörter pressen Liebe, begrenzen die Schönheit. Jeder weiß es, jeder vergißt es.« Anfangs kam ich mir neben ihr begriffsstutzig vor und spürte nach langem wieder, wie es ist, wenn Hitze ins Gesicht schießt. Sowieso wirken Vorverliebte dumm mit ihrem einzigen großen Wissen. Üblich ist der Niedergang des Respekts vorm anderen und der Übergang in sanfte, totale Abhängigkeit.

Redete sie, hörte ich so gespannt zu, daß es mir ab und zu übertrieben vorkam. Erzählte ich etwas und sie hörte mit offenem Gesicht hin, erschreckte mich, daß diese ganze Aufmerksamkeit mir galt, so daß ich noch mehr darauf achtete, was ich sagte. »Welch grausige Verrichtung, ihr einmal zu gestehen, ich liebte sie. Wir halten aus, uns zu mögen. Oft wird von einer Sekunde auf die andere, meistens durch eine Bewußtseinstrübung unterstützt, beschlossen, intim zu sein. Bis man sich, ebenso spontan und überwältigt, auf den Wecker fällt. Dieses normale Liebeselend will ihr und mir nicht gelingen. Wir sind nicht die Kombination dafür.«

Tagebuch wäre zuviel gesagt. In größeren Abständen gab es Momente, die am besten zu erhalten waren, wenn ich sie notierte. Nicht alles war zum Sprechen frei.

Am Anfang zankten zwei Männer in mir. Der eine wollte sie haben, der andere sah sie als Freundin und war jedesmal froh, wenn wir uns anständig verabschiedeten. Der Mann in mir, der sie haben wollte, überrumpelte den anderen in mir allein dadurch, daß er machte; und machen konnte er, wenn andere mitmachten; sie machten mit, weil ihnen das Muster vertraut war. Die Freundin nicht. Sie sprach den anderen Mann in mir an, den, der Freund werden kann. Sie rüttelte ihn wach und hielt ihn aus. Und ich fühlte mich, als wäre ich erwacht.

Liebe war gewesen, zu bezwingen. Liebe war geworden, zu erhalten.

Und während wir einander entdeckten, war alles ein *Wiedersehen*. Ihre Idee war, daß wir uns an dem Ort von damals trafen.

Ich wußte nicht, auf welche Weise sie dorthin kommen würde, und ging zwischen den Ubahntreppen, einem Parkplatz und der Kreuzung mit den Bushaltestellen hin und her. An der Kreuzung, die die alten von den neuen Trakten dieser Siedlung trennt, stand ich als Elfjähriger, kurz nachdem ein Junge von einem Möbelwagen überfahren worden war und ich es niemandem verständlich mitteilen konnte; dann als Achtzehnjähriger, mit Sack und Pack, entschlossen, nicht zurückzukehren.

Ich hatte ein Wiedersehen mit mir als Häftling. Den ich sah, der war zehn Jahre alt.

Dem Häftling hatte es dort gleich nach dem Umzug die Sprache verschlagen, er fing zu stottern an. Der Lehrer in der neuen Schule, aktives Kriegeralter, schlug den Schülern, die dafür zum Pult zu kommen hatten, mit der flachen Hand ins Gesicht. Da stotterte einer eher mehr als weniger. Der Häftling wußte von Rache, und daß er lange warten müßte. Erst das eine, dann das andere. Das eine war, das Stottern abzustellen, das andere würde werden. Der Häftling versuchte, die harten Konsonanten hervorzuwürgen, und machte den Klumpen in seiner Kehle, in seinem Bauch dadurch nur härter, rang nach Luft, ums endlich rauszuquetschen, doch raus kamen nur Luft und K- und Z-Gestammel und kein Wort. Den Bauch nun voll von Luft, weil mehr rein als raus gekommen, verklemmten sich die anderen Buchstaben in seinem ungeölten Rachen, sprach er, was raus sollte, nicht aus, sondern zerkrümelte es mit Zunge und Zähnen und schluckte den Klumpen bei offenem Mund hinunter. Was für ein Müllberg da schon sein muß, dachte er und wollte mit Sprechen aufhören, weil man nur die Kratzer auf seiner Platte hörte. Doch mit Sprechen hört allein der Stumme auf, der ganz und gar Verurteilte. Was einer noch silbenweise röcheln und spucken kann, das tut er den anderen auch notwendig an. Stotterer war der Häftling, weil er sprechen mußte. Sprache sprach ihn einfach weiter, Wörter, wenn auch wie nasses Brot oder harte Lappen, antworteten ihm aus seinem Mund, solange er konnte, und er konnte: ihm blieben die Vokale und die weichen Konsonanten. Man hatte ihm gesagt, er solle langsamer sprechen. Langsam stotterte er nur langsamer. Manchmal ging er nach der Schule zum besten erwachsenen Freund, dem Radioverkäufer, der sich gern was vorhacken ließ. Eines Tages lief ein Tonband mit, ihm wurde vorgespielt, was aus ihm kroch, wenn er nur was sagen wollte, schönes Wetter heute. Der Häftling wurde stumm. Lösung des verkorksten und verkorkten Rachens war von außen nicht zu erwarten, Langsamsprechen leicht gesagt, der Tonbandmitschnitt immerhin ein Schock. Den er da hörte, der wollte er nicht sein und war es. Jedes Sichmelden hieß, sich als Stotterer bekannt zu machen. Fragen, die nötigsten, wurden erstens gründlich ausgedacht, zweitens innerlich vorgesprochen. Dann kurzer Lippentest, Tagesformkontrolle bestimmter Konsonanten, bevor das Ungeheuer Satz wie nebenher entweder oder zur eigenen Blamage erscheinen konnte oder nicht. Zurückgeworfen auf sich selbst, blieb er neben einer wirklichen Welt, die ihm Teilnahme entzog und sich verschloß. Dies leere Feld wurde vom Ausgeklinkten mit Wünschen gefüllt. An Sommerabenden hörte er die Nummer Eins im französischen Soldatensender. Diese Lieder erzählten ihm Dinge, die sie nicht meinten. Hörte er ein Lied, sah er Gebäude. Schaute er auf ein Haus, hörte er Lieder. Die Lieder waren Versprechen. Mit ihnen hielt man es aus, die öden fünfzehn Minuten von der Ubahnstation zur Haustür zu gehen. Ihm war, als hätte er die Chance, vor seiner Geburt über seinen Lebensweg nachzudenken und, sobald geboren, dem Wunschweg zu folgen. Nicht wirklich wahr, jaja, doch war jetzt nicht mehr alles wirklich oder wahr. Im Wirklichen half ihm keiner, das Leben, das Reden für selbstverständlich zu nehmen. Es war die Frequenz nicht zu orten. So bastelte er im unaussprechlichen Kinderzimmer die Brücke zwischen seiner Verstopfung und dem schönen Fluß der Wörter draußen in der Welt, auf daß er eines Tages dort sein könnte. Dann lernte er zu atmen, allein. Aufhorchend, wenn andere redeten, hörte er, daß das, was einer sagte, nur das war, was einer sagen konnte. Es log sich leicht und unscheinbar mit nicht getrübter Stimme. Er beschloß, nur das zu sagen, was nötig war. Er sagte wenig und das Wenige deutlich. Die Klemme gab nach, und Neue lernten ihn nicht gleich als Stotterer kennen. Also bin ich jetzt geboren, dachte er, als er seinen Freund Henri traf und keine Silbe klapperte. Sie hörten die Nummer Eins zusammen an und lauschten dem, was der andere dazu zu sagen hatte. Sie erzählten sich nicht direkt, was sie meinten, doch wenn einer einem ein Lied vorspielte, dann war es genau das, was er meinte, doch nicht zu sagen wußte. Nach der Schule lungerten sie in der Sackgasse, die ihre Adresse war, herum; die Schweiger hatten sich sofort erkannt. Andere Jungen machten Hechtrollen und Hackentricks, wenn Mädchen vorübergingen, oder sie rangen den Nebenmann nieder und blickten als Sieger auf, und die Zustimmung, die sie erwarteten, war nur ihnen selber anzumerken – was der Stillgemachte und mittlerweile in der Stille Ruhende deutlich sah. Das Atmen ausgebildet, kam kein Silbensalat, kein Wortkrümel mehr kehlequer;

nur bei größter Aufregung stockten K und Z. In der Kinderzimmerzelle war er nur noch zum Schlafen. Im Wendekreis wartete Henri. Das Leben konnte beginnen.

Alles bliebe, wie es ist, dachte ich dann dort in der Siedlung, tauschte man die Satellitenstädte aus, baute man sie in Tokio oder Caracas ab, in New York oder Paris auf. Man ist nicht dort gesellig, wo man klein wohnt. Gesellig ist man anderswo, doch wo, davon schweigen die Städte vor den Städten. Stadtbildfreundlich bleibt in den Zentren jene Arbeit zu tun, die mit weißem Kragen erledigt wird. Die sozialen Wohnungsbauten zwischen den caracenischen Autobahnen scheinen kein kleineres Elend zu beherbergen als die meisten Barrios, die für Slums gehalten werden. Die gleiche Ruhe in La Urbina wie in La Défense wie in Marzahn. Folgerichtig ist man an diesen Orten nur zum Nötigsten im Freien, und viele, die dort zu sehen sind, erscheinen wie jenen Werbespots entstiegen, in denen Einzelne in der Menschenleere das Glück erleben, die richtige Schuhmarke zu tragen. Jeden, der sich, wo auch immer, durch sinnenfeindliche Kleinstraßen schiebt oder an einer Hauswand entlangdrückt, kann ich als Helden betrachten. Du wirst Held, wenn der Weg von der Ubahnstation zur Haustür fünfzehn Minuten dauert und du dich fünfzehn Minuten lang auf dich selbst besinnen mußt. Durch die Anmut der Betonquader als Winzling schleichend, wirst du in deinen Vorstellungen groß und stark. Du singst ein Lied. Fünfzehn Minuten von der Station zur Tür lassen sich auch ertragen, indem du dir vorstellst, du seiest ein anderer. Ist keine Umgebung da, dann umgib dich! Du gehst wie ein anderer. Die oder der könntest du sein oder werden, wenn einmal ... Voller Hoffnung träumen Kinder diesen Traum, und erdrückt hängen die Eltern ihm nach. Im Abendlicht, wenn du aus einem Waggon mit hundert Schwitzenden gestiegen bist und dann fünfzehn Minuten lang nur Hasen begegnest, stellt sich die Frage, ob du es schaffst, morgen als ein anderer aufzustehen.

Sie trug einen Herrenanzug und Herrenschuhe, die Haare zusammengebunden; so stand sie plötzlich neben mir. Wir gingen in die Siedlung hinein.

Da war ein Junge an seinem Kinderzimmerfenster, Wände voller Plakate. Er schaute aufs Industriegebiet hinter einer Schnellstraße. Dort stieg weißer Rauch. Wir gingen unter seinem Fenster vorüber, und er drehte die Musik auf. Wir verstanden uns, wie man sich in den Trakten versteht: unsere Gedanken galten einander, und jeder behielt sie für sich. Unbeteiligt sah der Junge hinter die Schnellstraßen, wo ein Flugzeug absank. Die Straße nach Westen endete vor einer violetten Wand, in der die Rottöne ausglommen.

»Hier hat sich niemand angesiedelt«, sagte sie, als

wir über eine Wiese schlenderten. Die Sache schien erklärt zu sein, doch wohnten zehntausend Menschen hinter den Fenstern. Wir blieben an einer Stelle stehen, von der jeder sein ehemaliges Kinderzimmerfenster sehen konnte. Autofahrerköpfe drehten sich zu uns, Gardinen wurden bewegt. Die Sache schien erklärt zu sein, »Hier hat sich niemand angesiedelt«, wiederholte ich. Dreißig Jahre nach der Einweihung stand die Siedlung reißbrettreu in der Senke zwischen den Schnellstraßen, ohne daß die Bewohner sie verändert hätten. Ein Mann stülpte einen Abfalleimer über den Müllcontainer und ging so schnell zurück, als wollte er seinen Auftritt ungeschehen machen. Leise huschte ein Auto aus der Reihe und hinterließ eine Parklücke. Punkt halb sieben, Geschäftslebensschluß, begann die nächste Tageszeit. Fort waren die Männer, die eben noch in den Autos Zeitungen lasen und die Kofferräume aufschlossen, wenn ihre Frauen, mit Tütenplastik behangen, aus den Supermärkten torkelten; fort die Hunde an den Leinen, die Kinder an Händen, fort die Straße, weg die Straßenecke, an der man stehenbleiben konnte. Der Wind blies Schnipsel über die Flächen, sonor hinter allem brummte eine Kühlanlage. Am Einkaufzentrum waren junge Bäume vor eine weiße Kachelwand gepflanzt.

Wir blieben an der Stelle stehen, von der ich damals zu ihrem Fenster hochgeschaut hatte.

Kurz nachdem der Häftling sich eingebildet hatte, geboren zu sein, standen sie zu fünft unter dem Fenster des blonden Mädchens herum und kamen in Bewegung, als die von allen Begehrte sich in ihrem Fensterrahmen zeigte. Die Jungs vollführten, was sie konnten, Hechtrollen, Handstände, Hackentricks mit dem Ball oder Sprüche. Das Mädchen sollte den Sieger bestimmen, der zu ihr aufs Zimmer dürfte. Ihre Wahl fiel auf den, der die ganze Zeit lang nur stehengeblieben war und hochgeschaut hatte, aus einer Entfernung außerhalb jeder Konkurrenz. Als ich mich mit ihr am Fenster zeigte, pfiffen die Jungs.

Wir hatten uns so gut wie noch nichts gesagt, doch bekam ich mit einemmal das Gefühl, daß wir stumm wurden. Woran dachten wir? Jeder erzählte seine Erinnerung an jenen Kindheitstag. Vergegenwärtigen konnte ich die damalige Szene aber erst, als ich die Freundin neben mir anschaute, ihren Blick erwartete oder in Erwartung eines ihrer direkten Blicke scheu wurde. Unsicherheiten, nicht Gewißheiten kamen dem damaligen Gefühl nahe. Mir war, als dächten wir an Dinge, die wir uns noch nicht sagten.

Die Freundin hatte mich zwar auserwählt und wir zeigten uns am Fenster den anderen, die pfiffen, abwinkten oder staunten, aber mehr hatten wir nicht miteinander zu tun. Sahen wir uns zwischen den Trakten wieder, grüßten wir und lächelten artig in guter Erinnerung. Bald zog ihre Familie fort.

Während ich an meine Eltern dachte, die dort noch wohnten, sagte sie: »Meine Eltern hatten Angst, die Russen würden kommen, und machten nach Westdeutschland. Da kauften sie sich ein Flugzeug, und ich mußte immer mit.« Als ich bereits die Lust am Schwimmtraining verloren hatte, fiel mir ein, war der Vater hinterher, daß ich hinging. Als er einmal abends aus der Schwimmhalle kam und ich mit naßgemachten Handtüchern aus dem Jugendheim, da setzte es Schläge. »Und gab es ein Gewitter, mußten wir stundenlang um es herum fliegen«, sagte sie.

In der Siedlung waren wir wenige Tage, bevor wir in der Flughafenhalle saßen, und ein Vierteljahrhundert nach unserer ersten Begegnung. Ich fand uns schön, wenn wir unsicher wurden, an den falschen Stellen lachten und Dinge erzählten, die wir am nächsten Tag zurücknehmen wollten. Es war nicht leicht auszuhalten, daß wir uns in diesem Frühjahr wiedergesehen hatten.

Bei einer Geburtstagsparty sagte ein Mann aus Potsdam, er verstehe nicht, daß es heiße, Deutschland sei größer geworden. Für ihn sei Deutschland immer so groß gewesen wie seit neuestem. Daraufhin gaben einige mit tiefen Stimmen zu bedenken, daß das Land sich erweitert, die Bevölkerungszahl zugenommen habe, und mit noch tieferer Stimme fragte jemand, ob man die beiden vergangenen Staaten überhaupt Deutschland nennen durfte. Es war imposant, dem zuzuhören, was ich hörte, war hübsch einfallsreich, aber strohdumm, und der Potsdamer blieb mit seiner Bitte um Erklärung allein. Die Einfälle der Kordhosenträger wurden immer bizarrer, ihre Stimmen höher, und niemand verweigerte ihnen das Höflichkeitslächeln. Auch nicht der Potsdamer.

Während ich versuchte, seinen Eingangssatz wieder in Erinnerung zu bringen, schimpfte eine mit den Dortigen gut bekannte Frau auf deren Unwillen, dem Potsdamer zu antworten. Endlich war die Party nicht mehr seicht, sondern Feinde und Freunde hatten sich gezeigt.

Nach der Party, am Telephon, beim Wo-kommst-du-her, als der Name dieser Siedlung fiel, sah ich das Mädchen oben am Fenster stehen, ich weiß nicht warum. Warum wohl. Ich versuchte davon zu sprechen und stotterte nur wie in alten Tagen, doch nach den ersten Worten schon hatte sie gelacht und ja gesagt.

Seit dem Treffen in der Siedlung hatte ich einen Zettel mit einer Charlottenburger Adresse, wo ich sie tagsüber antreffen könnte. Die Straße war nicht weit von meiner. Sie war im Viertel nebenan, in das ich selten kam. Ich bemühte mich um einen Höflichkeitsabstand von zwei Tagen. Das Haus war in der durchmodernisierten Straße das letzte noch nicht aufgeputzte. Solch ein Mauerwerk mit den Kerben von hundert Jahren und den verwitterten Tönen gab es nur noch selten zu sehen. Die Fenster waren verschiedenfarbig angestrichen. An den Mauern in Augenhöhe klebten Plakate, die auf politische oder esoterische Veranstaltungen aufmerksam machten. Im ersten Hof standen zwei Frauen in Lila (dem bunten Grau). Alles an ihnen hing; die Stoffe hingen aus Baumwolle. Sie besprachen einfache Dinge, es ging darum, wie dick man die Kinder anziehen sollte, und benutzten komplizierte Wörter wie »überdurchschnittlich« oder »Relation«. In der Einfahrt zum zweiten Hof saß ein offenbar Wohnungsloser auf einer Matratze, las Zeitung und aß eine Banane. Er schaute mich an, schien mich aber nicht zu sehen. Ich stand vor der Eisentür, die sie beschrieben hatte.

»Dieses Klopfen kenne ich noch nicht«, sagte sie, ließ mich ein und wuchtete die Tür zu. Ich stand in einem Raum ohne Tageslicht, der ihre Werkstatt war. Es gab kein freies Fleckchen auf der Arbeitsplatte in der Raummitte oder auf den an den Rändern entlanggezogenen. Vor den Wänden hingen Werkzeuge, in breiten Regalen lagerten Modelle von Bobbahnen, Skischanzen sowie undefinierbare Objekte, die nur aus Treppen zu bestehen schienen. In der Siedlung hatte sie von der Modellbauerei gesprochen als etwas, das seit der jüngsten Kündigung vorüber sei.

Ich wollte wissen, wie sie dieses oder jenes gemacht hatte, und erinnerte den alten Ausdruck, jemandem ein Loch in den Bauch fragen. So kam ich mir vor. Ich hatte keine Ahnung von dem, was sie da tat, und wollte alles wissen.

Ich weiß nicht mehr, was sie mir erklärte, es ging um Neigungswinkel. Sie trug verschlissene Sachen und bewegte sich flink zwischen den Arbeitsplatten. Ich hörte und schaute ihr zu, ohne ein Wort zu sagen; so, als sähe ich etwas wieder. Hier war sie die Handwerkerin. Bei der Party trat eine Dame auf. Zudem sah ich das Mädchen im Fenster und auch die Frau im Herrenanzug neben mir unter dem Fenster stehen. Ein paar Momente lang sah ich die Zusammenkunft dieser Bilder mit der augenblicklich vor mir Sitzenden, es flackerte um mich herum, ein Bild ging aus dem anderen hervor und ins nächste über, und sie fragte: »Was ist?« Ich sagte es ihr. Sie schwieg. Sie wußte, was in mir vorging. Sie war keine von denen, die laut und hektisch zustimmen, wenn sie etwas wiedererkennen. Somit verging das Flackern aufs angenehmste. »Bring mich zum Flughafen«, sagte sie, »morgen.« Wir küßten und drückten uns wie noch nie.

6

Ich kannte Sommer, die waren nur dagewesen, oder nur hell, und ich kannte welche, die leuchteten, obwohl sie nicht die höchsten Temperaturen hatten. Mancher Sommer kam mir, ähnlich dem Kühlschranksummen, erst zu Bewußtsein, als er vorüber war. Manchen bemerkte ich für dreivier heiße Wochen. Diesen schmeckte ich von seinen ersten Vorboten an. Vielleicht versteht nur, wer zu warten versteht, daß ein Vorbote des Sommers für mich sein vorläufiges Ausbleiben war. Täglich regnete es länger, als die Sonne schien.

Wannsee, das waren der Feierabendturnschuhträger, der den Laderaum seines Jeep mit Getränken füllte, und der Mann dahinter, der auf eine vergessene Pfandflasche lauerte. Nicht alte Bürgerhäuser wie jenes, in dem ich wohnte, gar kein Bürgertum prägte Wannsee. Nachkriegsreiche, Wirtschaftswundergewinner hatten sich am südlichsten Zipfel Westberlins, von Wassern fast umschlossen, niedergelassen.

Beim Abendessen unterhielt sich ein Ehepaar mit dem Inhaber des italienischen Restaurants. Meinte die Frau, sie hätten jemanden *gekannt,* so sagte sie, sie hätten jemanden *gehabt.* Sie redeten über Einbrüche in Häuser, erwähnten alle, die sie erinnerten, die Frau mit einem General-Igitt im Gesicht, das sie häßlich machte. Woher die Energie, so lange bei diesem Thema zu verweilen, fragte ich mich. Die Antwort gab der Mann im Flüstergespräch mit dem Inhaber. Er erklärte ihm, wie man mit rechtsgültigen Unterschriften Krebskranker Geschäfte machen könne. Die Antwort in diesem Fall: Verbrecher achten auf Verbrecher.

Sechs Wochen nach der Operation war das Brustbein des Vaters zusammengewachsen. Einer der Weinerlichen kehrte nicht mehr vom Operationssaal ins Krankenzimmer zurück. Nun war auch der Vater in Wannsee. In einer Klinik würde sein Brustkorb der alten Dehnbarkeit angenähert werden.

Im Wannseer Straßenbild waren die Patienten jene Männer, die in Trainingsanzügen und Turnschuhen (in den Gruppen immer einer, der Straßenschuhe trug) von Laden zu Laden gingen und Kleinigkeiten kauften. Wären die Trainingsanzüge nicht gewesen, hätte ich sie am ziellosen Schlendern und an den schaubereiten Augen erkannt. Wer schlendert schon, wenn nicht Sonntag ist. Andere schwirrten in den ersten warmen Nächten in Schlafanzügen (darüber, wie um die Form zu wahren, Jacken gehängt) aus den Stationen heraus auf die Straßen.

Beim Mittagessen sah ich zwei, die selbst nach

Herzoperationen vom Ernst ihrer Leben nichts bemerkten. Sie tranken Bier und rauchten und rissen Witze über andere, die sich den Empfehlungen der Ärzte fügten. Wie sie es am Anfang ihrer Leben gelernt hatten, bestärkten sie sich noch bis zum Schluß als Lausbuben. Als wären sie gezwungen, jene Vorlieben fortzusetzen, die sie ruiniert hatten. Der mit dem Rücken zum Lokal saß halsverdreht da, sobald die Tür aufging und bis der Arsch, dem er nachschauen mußte, aus seinem Blickfeld war. Mit ihren Albernheiten beteten sie das Sehnen durch, sekundenlang Besitzer eines solchen Arsches zu sein (als sie dann aufstanden, sah jeder, daß es ihre eigenen waren, an die sie faßten).

Im Aufenthaltsraum der Klinik saßen Kranke, die wieder rauchten. Ich schüttete die Dose Selters, die ich in der Hand hielt, in einen brennenden Papierkorb und ging in den Garten, wo der Vater auf einer Bank saß und Zeitung las. Er nahm meine Anwesenheit so selbstverständlich zur Kenntnis, als seien wir verabredet gewesen, und studierte den Sportteil zu Ende. Auf einem Rundgang durch den weitläufigen Garten zählte er alle Übungen auf, die sie täglich absolvieren mußten, während ununterbrochen ihre »Werte« überprüft wurden. Mit der Beschreibung der letzten Übung kamen wir am stinkenden Aufenthaltsraum an. Er mußte zur Massage und sagte Tschüs.

Wieder saß ich in der Flughafenhalle. Erinnerte, wie wir uns in ihrer Werkstatt geküßt und danach einander erzählt, welche runden, ins Weiche rückgeformten Gesichter wir am anderen gesehen hatten.

Dieses Abholen – lange nicht getan – war anders als zuvor. Ich fuhr nicht zum Flughafen, weil es nach einer ausgesprochenen Verhaltensvorschrift, deren Beachtung Nähe anzeigte, erwartet wurde, sondern weil ich der Freundin wünschte, über die Landung hinaus erwartet zu werden. Früher kam es vor, daß ich das Abholen unterließ (möglicherweise, um die wirkliche Nähe zu messen). Nun, von niemand gebeten, war ich da.

Wir kannten uns kurz genug, und sie war lange genug fort gewesen, daß unser Wiedersehen alle Fragen, die es gab, kurz auftauchen ließ. In der ersten Woche war sie nur woanders, in der zweiten dachte ich daran, wo, in der dritten wollte ich sie sehen. Nun hielten wir uns fest. Ich nahm ihr den Koffer ab und entzog mich auf dem Weg zum Auto ihrer Hand. Draußen in der Sonne forderte sie?, ich?, eine Umarmung; Koffer und Taschen fielen zu Boden. Den Rest des Weges ging sie, wie vorher nicht, für sich und lächelte. Die Finger meiner freien Hand schnipsten vor Freude.

In ihrer Wohnung hätten wir genügend Zeit gehabt fürs Schnelle und zu wenig Ruhe für uns. Ich wartete mit ganzem Risiko (welches darin bestand, nicht zu bemerken, daß ich nicht mehr wartete, sondern bereits verhinderte).

Es war Juli und wärmer geworden, doch geblieben war der tägliche Regen; im Garten und in den Wäldern vertrocknete nichts. Vielmehr wurde der Weg von der Straße zum Haus schmaler in dem schwer gewordenen Laub. Am oberen Ende des Gartens suchte ich Schattenplätze für den Tag und Sonnenplätze für den Abend. Mittags war es dann so heiß wie nie und vorzufühlen, daß der Abend, an dem die Freundin käme, ein Sommerabend werden würde, bei dem man im Freien sein könnte. Zu »Warten« ließ sich nun »Erwartung« sagen. Und hatte das folgende Treffen nicht bereits begonnen mit meiner Vorfreude, die »den ganzen Tag anhielt«?

Wir taten, was wir lange schon tun wollten, im besten Moment. Es war das ersehnte Fest und wurde der Rausch. Wir fanden Plätze im Garten und zogen weiter, wenn wir außerhalb des Mondscheins lagen. Von Zeit kann nicht die Rede sein. Die Temperaturen waren das Maß.

Hatten wir anfangs als wohltuend empfunden, bei denselben Themen zu verweilen, später entdeckt, daß einer dem anderen auch in dessen Eigenheiten folgen wollte und uns manchmal wie Komplizen angeblinzelt, so verband uns nun ein Geheimnis.

Zweidrei Worte. Möglich, daß sie mir früher schon gesagt wurden. Damals hörte ich sie anders oder gar nicht. Zweidrei Worte und die Geste, die etwas aufgeben will, um etwas zu gewinnen (so wie ich ihre freie eine Hand nicht nahm, gleich darauf aber beide). Ich wußte nicht, worauf ich gewartet hatte.

Diesmal verstand ich die Wörter. Vielleicht mußte die Freundin sie aussprechen. Und in diesem Sommer. Ich hielt sie so fest, wie sie es wollte. Preßte ihre Arme weit ausgestreckt auf den Rasen. Sie wurde weich. Sie wurde kräftig und versuchte zu entkommen. Damals wehrte ich mich nicht. Diesmal hielt ich dagegen. Sie bäumte sich auf. Ich drückte sie nieder... Was ich nicht suchte, fand ich nicht; was ich dann zu finden bereit war, suchte mich auf.

Man hörte, es würde bald hell werden. Der Wind nahm zu und kühlte uns. Wir rauchten noch eine. Nach dem Anzünden schnipste jeder nochmals an dem Feuerzeug, um den anderen anzuschauen.

Ich zählte die Tage. Drei Tage später war sie wieder auf dem Weg, schaute aufs Babelsbergrot am Ende der Straße und erwartete mich, wie ich sie. Zehn vor acht: Vorfreude. Wir wollten und würden uns in wenigen Minuten haben. Welche war die angemessene Begrüßung? War nicht jedesmal etwas mehr möglich und gewollt als bereits geschehen? Mußte die Kette der Wiedersehen nicht eine der Erweiterung, des

Weitergehens sein? Verlangten wir nicht etwas von uns, das alles übersteigen sollte, was wir kannten? Sie war geladen, ich war es, und wir näherten uns an. Sie würde das Gartentor öffnen, zum Haus gehen und klingeln. Ich könnte vorher hören, wie sie das Auto am Straßenrand parkte. Wie wollte sie empfangen werden? Wie wollte ich sie begrüßen? Helle Aufregung, bevor es im Garten raschelte. Die Tür zum Haus stand bereits offen. Das Spiel begann sofort und wurde zu einer Szene, die so lange dauerte, bis wir Durst oder Hunger hatten.

Wir kamen auf unsere Eltern zu sprechen, die Rituale der Familien, und gegen welche sie und ich sich sträubten. Sonntags mußte sie ins Flugzeug des Vaters steigen und an Strände fliegen, die sie am selben Tag noch verlassen mußte. Sie wünschte sich, sonntags wie die anderen Kinder in ihrem Zimmer zu bleiben. Wenn sie nicht mitwollte, wurde sie ins Flugzeug getragen. Die Eltern fielen uns ein, wenn wir entspannt nebeneinander lagen und die Zigarette danach rauchten. Waren die lustigen Sonntagsanekdoten erzählt, fielen jedem, angetrieben durch die Erzählungen des anderen, eigene fast vergessene peinigende Situationen ein. Sie wollte nicht ins Flugzeug, ich wollte keinen Anzug und weiße Socken tragen. Kleine Begebenheiten kamen groß heraus. Bis heute hat sie nicht vergessen, daß sie einmal um eine Meinung zu zwei Gegenständen gefragt und danach für ihre Meinung verachtet wurde. Hatten wir früher nicht andauernd blutende Knie, verschorfte Arme gehabt? Noch heute kann ich die kleinen Narben zählen. Wir lagen nebeneinander und zählten die Narben der Seelen auf, die Momente, in denen die, die wir liebten, sich gegen ihre Kinder, sie und mich, kehrten.

Nach den Scherbenhaufen der Zweierversuche wuchs der Wunsch nach Freundschaft. Ich sah da ein Versprechen, Zuneigung ohne Abhängigkeit, Streit als Vorschlag, nicht als Bruch zu nehmen, die Schnüre gegenseitiger Gebote gar nicht erst zu binden. Der damaligen Einen (die sich als *Freundin* von mir öffentlich bezeichnete) war Freundschaft eine Zurücksetzung von der Privilegierten zur Beliebigen. Anderes erkannte sie nicht. »Nur Freundschaft?« fragte sie.

In den vergangenen Jahren hatte ich eine Freundin gesucht. Jetzt sah ich das so klar wie nie. Ich wollte keine Ehe, keine Kiste, kein »Ich-ruf-dich-wieder-an«. Wollte nicht eine Anfasserin zur Freundin biegen, sondern war bereit, mit der Freundin, die bereit war, weiterzugehen, als sie und ich es bis dahin gekannt hatten. »Suchen« war nicht mehr das richtige Wort. Eine Freundin, hatte ich gelernt, kann ich nicht suchen, sondern nur finden. Ich schaute sie an, ihnen nach, und wieder weg. In den vergangenen

Jahren früher als sonst wieder weg. Es ist mir nicht aufgefallen währenddessen, erst hinterher, jetzt, da ich sagen kann: die Freundin.

Wo gab es Vorbilder für Freundschaft, und welche? Pausenlos wurden die Bilder für Liebesbeziehungen wiederholt – vom ersten Blick bis zum nachgestellten Scheidungsprozeß – und erneuert. Die Dauerfrage war, wie man sich in der Abhängigkeit verwirklichte. Nicht, wie man sie beendete oder ihr gar nicht erst verfiel. Die meisten suchten ihr Heil vorschriftenhörig unter gesetzlichem Dach im Bereich der »eheähnlichen Beziehungen«. Die Information darüber war in Schrift und Bild für alle Fälle aufgezeichnet. Wo gab es ähnliche Bilder für Freundschaften? (Oder sollte es sie besser nicht geben?) Warum habe ich mich xmal in blind Enthusiasmierte versetzen können und wollen, so selten aber in freundschaftlich Vertraute? Stehen diese Freiwilligen der Paarewelt gegenüber?

Was für schlechte Karten Freundschaft Wollenden gemischt sind. Ich war nicht der Dritte, den alle jetzt erwarteten, nicht Buhler. Ich war es nicht. Mir graute vor Eheähnlichem. Sie war Freundin geworden, egal, was sie täte. Und eher stoppte ich den begonnenen Ausflug, als daß drei Richtungslose daraus hervorgingen. Somit verweigerte ich ihr aber »den ganzen Mann«, der »aus Liebe« die schwache Frau nicht hängenläßt, sondern ihr, wie der andere vorher auch, »unter die Arme greift«. Ich bot ihr nichts als volle Stunden, zerkreuzte jeden Plan und nannte »Zukunft« höchstens die Summe all dessen. Sie machte sich das bereitstehende Bild von dem Lavierenden, doch kam sie darüber hinaus. Ich hatte nur nicht gelogen wie früher.

Wie nun von Freundschaft reden, ohne vor den Kopf zu stoßen? Wie den Folgegedanken »Nur Freundschaft?« verhindern? Mein Gefühl bliebe ja bestehen, wenn ich ginge oder sie. Von Dauer war doch dies, und nicht ein Anfaßvertrag!

So meine Worte, nachdem sie ihr Versprechen gehalten und ihrem fragenden Mann die Wahrheit gesagt hatte. Meine Worte klangen, Preis der Ehrlichkeit, wie eine Abfuhr. Ihr Tschüs war gedrückt. Was ich sagte, war auch an ihren Mann gerichtet.

Was würde sie anhaben? Sie überraschte mich manches Mal mit eigenwilligen Sachen, zum Beispiel Strümpfen nur aus Strumpfbeinen, also gar keinen Strümpfen. Manchmal wollten wir einzwei Stufen der Annäherung überspringen und, wie man sagte, zur Sache kommen. Es war unsere Art, uns zu gefallen. Ich versuchte mir vorzustellen, daß wir einmal ein artiges Gesprächspaar abgegeben hatten.

Ihr Mann blieb ruhig, vielleicht gelassen, vielleicht gleichgültig. Er nahm es zur Kenntnis wie eine Mieterhöhung, und als gebe es eine Widerspruchsfrist.

Ihr ewas zu verbieten, schien nicht sein Niveau zu sein. So wollte er sich nicht.

Sie kam nach Wannsee, fast nichts hatte sie an, und wir feierten es sogleich.

7

Die über das Ausbleiben des Sommers gejammert hatten, stöhnten nun über die Julihitze. Dabei waren noch keinmal dreißig Grad gewesen. Gewitter wurden vorhergesagt und trafen nicht ein. Minutenlang bedeckte sich der Himmel, in der Ferne rumste es, und dann wurde es hell.

Am Vormittag spürte ich schon Stirnschweiß, und das Hemd klebte. Die Freundin sagte, auch ihr sei plötzlich heiß geworden, sie müsse etwas ausziehen, und legte den Hörer hin. Ich zog mein Hemd aus. Davon wurde uns nicht kühler.

Am Nachmittag kam der Freund, auch an seinem Geburtstag. »An diesem Tag braucht man als Kind eine Gesellschaft, als junger Mann eine Freundin, und als Mann niemanden mehr«, sagte er. Wir saßen vor den geöffneten Türflügeln im Kaminraum und betrachteten jeden Winkel des nach hinten ansteigenden Gartens. Oder wir saßen in seinem großen Auto, hinten lag der Hund, und fuhren durch Brandenburg, Gegenwart und Vergangenheit, und sprachen und unterbrachen einander, pausenlos, stundenlang.

Wir trennten uns von einer Zeit, einer Epoche?, die wir Bild für Bild uns nochmals vor Augen hielten;

besprachen, was wir gehabt hatten und was kommen würde. Auch unser Flecken, die ausgehaltene Halbstadt, war nun – wie das ihn umschließende Halbland – schneller aus den Karten gestrichen, als man vergessen kann. Um guter Dinge vergessen zu können, erinnerten wir die Vergangenheit Westberlins, welche auch unsere war. So mußten wir ihr nicht nachjammern. Indem wir das zu Erhaltende beschrieben, konnten wir uns vom Veralteten trennen. Und das Veraltete erzählend, merkten wir, was zu erhalten war. So mußten wir nicht auf andere, Fremde schimpfen, die das einer offenen Stadt Angemessene taten, nämlich sie zu bereisen. Wir wollten nicht solche werden, die nun lebenslang ihren vergangenen guten Jahren nachweinen würden, wie so viele dort, die, aus dem status quo ihrer Träume gerissen, Schuldige suchten und in Schwächsten oder in den »Herrschenden« fanden. Wir feierten und verabschiedeten uns, indem wir feierten, wovon wir uns zu verabschieden hatten.

Oft holte er mich bloß noch ab und wir nahmen die Nord- oder die Südautobahn. Waren die Geistergebäude, wo wir früher das rechte Ohr freimachen mußten, passiert, fuhren wir langsam über Landstraßen, bis ein Ort gefunden war, den wir gesucht hätten, wenn wir gesucht hätten. Die Landschaft war so gleichmäßig von Wassern durchzogen, daß es nicht nötig war, eines zu suchen.

In diesem Sommer hörten wir kaum anderes als Bach. In diesem Sommer waren wir kaum woanders als in Brandenburg. Einer schockierte den anderen, indem er eine Bach-Aufnahme von Glenn Gould vorspielte. Jedesmal schrie dann der andere nach der Stoptaste. Der Freund, da ihm bei Goulds Version des Italienischen Konzertes seine ehemalige Klavierlehrerin einfiel; ich, als eine Amerikanerin sang »Widerstehe doch der Sünde, sonst ergreifet dich das Gift«. »So habe ich das aber nicht gemeint«, hätte seine Klavierlehrerin gesagt, sagte der Freund, wenn er so gespielt hätte. Und ich hätte nun zum ersten Mal gern eine Anneliese Rothenberger gehört. Ich traktierte ihn weiter mit dem Italienischen Konzert, er mich mit der Kantate 54 – bis der Schmerz nachließ.

Ich hatte mir Goulds Namen gemerkt, da jede Anekdote über ihn eine über einen Außenseiter war. In den Jahren sah ich seine Schallplattenrücken bei jenen, die auch den breiten Buchrücken des Iren besaßen. Gewisse Dinge zu haben hieß, über Einspielungen von Glenn Gould zu verfügen. Doch waren die Platten manches Mal noch hüllenverschweißt, und das dicke Buch ungelesen. Wer keine Platte hatte, wußte eine Anekdote.

Als der Schmerz vergangen war und keiner mehr nach dem Ausschalten rief, begann ein tagelanges Sprechen darüber, was wir in Goulds Klavierspiel hörten und wußten und hörten und sahen und sagten und wiedersahen. Erst als der Freund sich in die krampfhaften Bewegungen eines Gehers versetzte, der den fünfzigsten Kilometer im Zielstadion hinter sich bringt, bekam er ein Goulds Spielen entsprechendes Rhythmusgefühl, machte es nach, schlug sich gegen den Kopf und sagte »Irrtum!«. Und erst als ich das Strahlen-und-Asche-Kriegsendejahr mir einbildete, erschien einer als glaubwürdig, der die eben als verheerend erwiesene Ansprache an Gefühle zu verhindern suchte; auch, wenn er damit in dem Paradox kreiselte zu fühlen, daß er keine Gefühle haben solle.

Nicht Gespräche über Musik waren es, sondern Gespräche von Musik weg, und somit Gespräche zur Musik zurück. Wer nur etwas von Musik versteht, versteht nichts von Musik, sagte er. Wer nur etwas von Literatur versteht, versteht nichts von Literatur, sagte ich. Indem wir von der Musik redeten, redeten wir von uns im Spiegel einer Musik, von der zu reden wir vorgaben; wobei wir von uns redeten, im Spiegel dieser Musik gespiegelt. Lächerlich, von Musik zu reden mit der Absicht, von Musik zu reden. Von Musik läßt sich am besten reden, indem man nicht über Musik spricht. Ich sah den Häftling, und seine Nummer Eins.

Da Glenn Goulds Klavierspiel sich als Aufforderung zu Denksport aufdrängte und wir immer heftiger stritten (ich verwahrte mich, warum?, gegen sein Urteil »Irrtum«, und er sagte immer wieder nur »Irrtum!«), brachte ich Bach-Aufnahmen anderer Interpreten mit. Das 1060er Adagio mit Kochs Oboe sollte er anhören, und es fügte sich in ein Tempo-30-Rollen durch die Altstadt von Mittenwalde. Der Freund nahm dies zum Anlaß, auf den kanadischen Holzfällersohn und die amerikanische Farmertochter zu schimpfen, die sich seinen Worten nach an Bach *vergangen* hätten, »um zu beweisen, was nicht zu beweisen ist«, sagte er. Die Kassette fluppte hervor, und als ich sie in die Plastikhülle klemmte, sah ich, wie sie entstanden war.

In Erwartung überall abrufbarer aktueller Musik hatte ich das nirgends zu erwartende Konzert vor den Reisen auf diese Kassette überspielt. Ich hörte es während der Flüge (wenn die Filme liefen, bei geschlossenen Augen), selten an den Aufenthaltsorten. Wo ich auch war, war diese Kassette mir die wichtigste, eben da ich irgend-anderswo war. Damals hatte ich ein Gefühl; Bach sei von dort, wo ich herkam.

Die Kassette mit dem Italienischen Konzert, von Glenn Gould gespielt, die ich so oft in den Rekorder schob, hatte ich in Caracas aufgenommen. Der Fernsehreporter besaß nicht viele Platten, aber selbstverständlich einen Miles Davis, eine Marlene Dietrich und einen Glenn Gould. Goulds Klavierspiel zerschnitt die Mittagsschwüle, nicht unähnlich den Merengues, die aus den Radios der Fahrer und Ladeninhaber dröhnten. Ich fuhr mit einer Bach-Kassette los und kam mit zweien wieder.

Ein LKW versperrte die Straße zum Schwielowsee. Wir hörten gerade nicht Bach, sondern Rheinberger und warteten, »O Herr, wie lieblich sind deine Wohnungen« mitsingend. Das Lokal, in dem der Fahrer sich aufzuhalten schien, hatte frische Farbe. Auf dem langen Balkon saßen Kaffeetrinker aus Westberlin, die auf ihre Autos hinabschauten. Der Fahrer schlurfte zu dem grauen Altlaster; ging mit Papieren zur Gaststätte zurück. Das Fahrzeug hatte kein Kennzeichen, und ich sagte es dem Freund. Wir stiegen aus. Er ging auf die Wirtin zu und spulte einen bösen Vortrag herunter. Herausstechend waren die Wörter *Polizeiliches Kennzeichen, Öffentliches Straßenland* und *Nötigung*. Daraufhin die Wirtin: »Wenn Sie so mit mir reden, bekommen Sie hier keinen Kaffee.«

All jene, die gleich nach dem Mauerfall die als *Bonzenheime* vorbeschriebenen Orte aufsuchten und jetzt nicht mehr zu sehen waren, hätten hier ein Mißverständnis zu klären versucht. Aber dies war der Sommer danach. Die Freundlichkeiten vorüber. Auf dem Balkon sagte jemand, er wolle seine Ruhe haben. Der Fahrer schlurfte zu seinem Lastwagen. Da trat ein Mann hervor, der Frau wie Fahrer verteidigte und versuchte, dem rüden Ton des Freundes, dem alle anderen nur ausgeliefert waren, einen ähnlich entschiedenen entgegenzuhalten. Sofort färbte der Freund seine Wörter in sächsischen Klang. Der Mann rief nach der Polizei. Die komme nicht mehr, diese Zeit sei vorbei, sächselte der Freund. Der Motor des Lastwagens röhrte, und die beiden Ostler, die sich als Länger-schon-Wessi und als Kürzer-erst-Wessi erkannt hatten, beleidigten sich heftig und duzten einander als *Penner* und *Stasi-Hans-Dieter.*

»So ein schönes Auto so verkommen zu lassen!« In dem ehemals repräsentativen und ungepflegten Wagen sah der Mann die eigentliche Untat des Freundes. Der aber wußte, was in einem in die unbekannte Freiheit Entlassenen vorging: »Früher hast du Geld gehabt und kein Auto bekommen. Jetzt kannst du alle Autos haben und hast kein Geld.« Der Mann krempelte die Ärmel hoch. »Komm bloß her!« Der Freund ging hin, vorrechnend, was ein körperlicher Angriff kosten würde. So blieb es beim aufgerissenen Hals. Die Straße war wieder frei, doch der Kampf ums letzte Wort noch offen. »So haben wir uns das aber nicht vorgestellt«, sagte die Frau im Hintergrund. Und der Freund, beim Wegfahren: »Ihr habt uns gewollt. Und jetzt kriegt ihr uns. Und zwar so, wie wir sind.«

Er fluchte noch, bis wir unten am See ankamen, wo er sagte, ich sei einer, von dem er sich *schicken* lasse. »Paß gut auf, wohin du mich schickst, denn wenn du mich schickst, dann gehe ich.«

Skandal war, daß er aussprach, was viele dachten und kaum einer laut zu sagen wagte. Stumme Verabredung jenes Jahres war, daß, wer mehr wußte, dies nicht zeigte, und wer weniger wußte, dies nicht gezeigt bekam. Der Name dessen, der diese Verabredung nicht einhielt, wurde »Wort des Jahres«: *Besserwessi*. Skandal war keine von des Freundes Übertreibungen, Skandal war das Aussprechen des Zustands. Der Freund hatte sie enttäuscht. Dies konnte nur einer, der durchgemacht hatte, was nun Millionen widerfuhr.

Am See wollte er wissen, ob er zu weit gegangen sei, ich sagte nein. Ich wäre nicht aufgetreten wie er, aber ich verstand sein »Aus-der-Haut-Fahren«. Vom Balkon aus, Kaffee trinkend, hätte ich ihn für ein Großmaul, einen Aufschneider gehalten. Während seines Auftritts immer in seiner Nähe, hatte ich kein Wort gesagt. Die Reflexe auf den vor uns her tapernden Hund waren Zustimmung (von Hundebesitzern und älteren Ehepaaren), Angst (die meisten) und Spielbeginn (Kinder; selbst wenn sie das fürchterlichste über diese Rasse wußten, konnten sie die Augen nicht zusammenkneifen oder wegdrehen). Ich nahm dies schärfer wahr, weil ich seit dem Auftritt vor der Gaststätte – nicht zum ersten Mal – die Vorstellung hatte, dort, wo wir aufkreuzten, unerwünscht zu sein.

Alle waren aufgebracht, aufgewühlt, hatten die Ahnung, betrogen zu werden, und vermochten keinen Gewinn mehr zu sehen. Seit der *Normalisierung* war nichts mehr normal. Seit der Kalte Krieg vorüber war, war der Frieden vorbei. Jeder dort in der Umgebung hatte ja wirklich etwas verloren; auch wir. Die meisten litten unter der Strapaze, den großen Gewinn nicht sofort einlösen zu können, sondern hoffen zu müssen, ihn in Schritten zu erkämpfen – während sie allerorten sahen, daß sie nun verloren, was sie gehalten hatte. Immer schon gab es die, die nicht warten konnten, die Angst hatten zu spät zu kommen, Angst zu spät über die Straße zu gehen, Angst der letzte zu sein, der in einen Bus einsteigt, Angst, einem Vordrängler zuschauen zu müssen – nun schien niemand mehr warten zu können. Nicht nur Autofahrer, selbst Fußgänger schienen Geschosse zu lenken. Feindestauglich wurde, wer sich für Sekunden in der Wegrichtung eines anderen aufhielt. Vielleicht hatte eine Revolution begonnen, als sie beendet war, als eine Wir-Sorge von Millionen Ich-Sorgen überschattet wurde.

In den Zeitungen nannten sie es Angst um die Wohnung oder Angst um den Arbeitsplatz. Aber jeder konnte sehen, es war die Angst, entwertet zu werden wie eine Fahrkarte, es war die Angst, sein eigenes Wort nicht zu verstehen, Angst, nicht mehr zu Hause zu sein, wo man herkam, Angst vor anderen. Es war die Angst, übersehen, für überflüssig befunden zu werden, die Angst, als ein Fünfmillionstel weniger zu sein denn als Zweimillionstel, oder als ein Achtzigmillionstel weniger zu sein denn als Sechzehnmillionstel. Angst, den Boden unter den Füßen weggehauen zu bekommen, selber die Altlast oder die Schande zu sein, die man anderswo sah und nach deren Beseitigung man sich selber rufen hörte.

Wir hätten bei ihm oder bei mir sitzen und Musik hören können. Wir hätten im Freaktownship Schöneberg hocken und Sprüche machen oder zu den Sprüchen anderer lachen, uns dabei betrinken und berauchen können. Wir hätten uns, wie früher, nicht mehr anzurufen und zu treffen brauchen und hätten ein weiteres Tschüs für ein Jahr haben können. Möglicherweise war immer ein Jahr vergangen, weil wir nicht im Freaktownship oder in den Wohnungen hocken wollten, aber auch nichts anderes wußten oder versuchten.

So kann es gewesen sein, denn er sprach von einer »Einladung«, als ich sagte, er solle nach Wannsee kommen. »Einladung« war für mich, wenn wir in seinem Auto die allernächste so ferne Landschaft entdeckten. Wir hatten – zum ersten Mal – andere Orte gefunden. Das Sitzen und Zum-Garten-

Schauen oder das Brandenburg-Durchfahren trieb uns jeden zweiten Tag, bald so gut wie jeden zusammen. Wir entdeckten Regelmäßigkeiten, die sich eingeschlichen hatten: an den Wochenenden blieb jeder für sich; und keinmal waren Frauen dabei, jedenfalls nicht die, über die wir redeten.

Als er aus dem Osten kam, schimpfte er auf Kommunisten, und als der Osten unterging, schimpfte er auf Kommunisten. Vor zweidrei Jahren stieß er auf ein anderes Hobby. Er kam mit Frauen zusammen, die Befriedigung nur fanden, wenn sie erniedrigt wurden. Davon sprach er, als habe sich ihm ein neuer Kontinent eröffnet, als hätte er vorher keine Frau wirklich gekannt. »Ich sags dir, ich sags dir«, fing er meistens an, und dann fehlten ihm die Worte. Der Hippie hatte davon nichts wissen wollen, der Liebhaber es nicht für möglich gehalten, und der Mann Mitte Dreißig machte die Entdeckung.

Er gab seine Telephonnummer bekannt und erhielt zig Anrufe. Die meisten wollten nur telephonieren, einige kündigten ihr Erscheinen an, wenige kamen, und manchmal blieb eine für länger. Ungefähr nach einem Jahr kannte er die Gemeinde. Einzelne trafen sich wieder, verfeinerten ihre Handlungen.

Er erzählte oft von seiner Kammer, von neuen Instrumenten, die er angeschafft hatte. Darüber zu sprechen, sagte er einmal, sei seine Versicherung.

Wenn alle wüßten, was er täte, könnte niemand behaupten, Opfer zu sein.

Klar, daß ich ihm von der Freundin und von zweidrei Worten, die sie gesagt hatte, erzählen wollte. Es war eines Tages zwischen diesen Brandenburgtagen in seiner Wohnung.

Während unserer Umarmung tauchte ich in einen Schwaden unterschiedlicher Düfte. Der weiße Overall war offen bis zum weißen Slip. Der Freund schien schreien zu wollen und keinen Ton von sich lassen zu dürfen. Die grau gewordenen Haare standen frisch und kurz geschnitten, am Ohrläppchen blinkte ein goldenes Marihuanablatt. Er machte Luftsprünge, ohne daß die Dielen knarrten, und ging ebenso leichtfüßig in ein anderes Zimmer. Auf dem roten Sofa sitzend, glotzte ich in die Peepshow des Neubaus gegenüber und überlegte, wer zuerst dagewesen sei, Exhibitionist oder Voyeur. Als der Freund wiederkam, hatte ich keine Frage, nur einen Blick, und er antwortete ihm.

»Ich habe zehn Jahre lang was gesucht und es nicht gefunden. Jetzt reiß ich mir keinen Arsch mehr auf. Die rufen bei mir an, um sich in Ketten legen zu lassen.« Zum ersten Mal sah ich ihn mit solch hochrotem Kopf. »Mehr als zehn Jahre. Mit Herzklopfen und Verständnis. Vorbei!«

Er schaltete den Fernseher ein. Das Schwarzweißbild zeigte eine dunkelhaarige Frau von hinten. Ihre Hände waren an den Pfosten eines Hochbetts festgeschnallt. Bis auf zwei Lederriemchen an Hals und Rücken war sie nackt.

»Ist das live?«

»Alles live. Ich bin bei der Arbeit – die Schlampe, die –, aber du störst nicht.«

Die Frau auf dem Bildschirm bewegte manchmal die Stirn zum Oberarm, wie um Schweiß abzuwischen.

»Wie lange steht die schon so?«

»Halbe Stunde.«

»Freiwillig.«

»Gierig danach.«

»Das ist die Lösung der Frauenfrage?«

»Und du? Immer noch das alte Rein-Raus-Spiel?«

Er ging zu seiner Angeketteten. Ich sagte, er solle den Fernseher ausschalten. Dann schaute ich wieder auf die Peepshow des Neubaus gegenüber und dachte, weder Exhibitionist noch Voyeur seien eher dagewesen. Einer sei im andern; wie der Freund als Hippie und der Freund als Macho verschieden und doch derselbe war.

Es war nicht leicht, einen Moment abzupassen, in dem er ansprechbar war, er rannte hin und her, brüllte Befehle in die Kammer und kochte uns einen Tee.

Als ich von der Freundin zu reden begann, nahm sein Gesicht einen Rotton an, daß ich dachte, er sei gefährlich. Und ich merkte, daß Wörter mit K und Z nicht über meine Lippen kamen. Tränen liefen uns aus den Augen.

»Dreieck«, sagte er.

»Was meinst du?«

»Weiß nicht. Dreieck eben. Du, sie, ich.«

Er strahlte. Als sei unsere Freundschaft gestärkt. Beim Zuhören konnte er kein ernstes Gesicht halten. Meine Nacherzählung war ihm eine Genugtuung. Er schaltete den Fernseher ein und aus, um zu kontrollieren, ob die Frau seine Befehle ausgeführt hatte. Sie schaute nun in die Kamera.

Zwei Ratschläge wußte er für mich. Der für sofort war, beim nächsten Treffen die Freundin zu fesseln, einzusperren und zwei Stunden warten zu lassen. Der Ratschlag für später war, sie zu ihm zu schicken, wenn sie mir lästig werden würde. Danach wäre ihre Selbstachtung wie ausgelöscht, und sie würde von selber gehen.

Er nutzte den Moment für weitere Merksätze. »Paß bloß auf, daß du nicht Opfer eines Opfers wirst!«

Tag für Tag erzählten wir das Erzähl-doch-bitte-noch-einmal.

Achtzehn Jahre früher sah man auf dem Filmplakat von »200 Motels« nackte Frauen, und ich bejahte die Frage des Fremden, ob dies ein Pornofilm wäre. Nach der Vorstellung wollte ich ihn zum Bier einladen und folgte ihm, jederzeit vermutend, er würde gleich stehenbleiben, in den Ubahnhof. Er verließ den Bahnsteig aber auf der anderen Seite, und bevor ich dort auf Straßenhöhe ankam, hörte ich blockierte Reifen über den Asphalt quietschen. Der Junge lag vor dem roten LKW einer Autovermietung und bewegte sich. Ich hob ihn hoch. Über uns schimpfte der Fahrer für sich allein. »Hat mich zu dem roten Laster gezogen, weiß nicht warum. Kam keine gelbe Ubahn. Kam roter Laster. Alter, was für Filme seht ihr denn hier?« Beim Bier erzählte er die Geschichte von seinem »Tritt ins Leben« bis zur Abschiebung. »Ich bin vor den roten Laster gelaufen, weil er rot war. Ich will ein rotes Sofa und eine rote Gitarre. Mehr will ich nicht.« Meine Haare reichten bis zu den Jackentaschen, seine bedeckten die Schulterblätter. Ein halbes Jahr später lächelte er mich an einer dicken Glut vorbei an und sagte: »Alter, ich wollte einen Porno sehen, und weil du gesagt hast, das wäre einer, bin ich zum Hippie geworden. Hier, zieh mal!« – »Was machst du hier?« – »Ich mach hier die Musik.«

So wurde er zum Bewohner Freaktowns. Freaktown war ein Geflecht von Zimmern, Wohnungen, Cafés, Shops, Lofts, Läden, Etagen, Häusern, Höfen, Fabriken, Vierteln, Lebensweisen, Redensarten und gemeinsamen Vorurteilen seiner Bewohner. Man kannte nicht jeden, aber man erkannte sich, das heißt, man erkannte jeden anderen. Jenachdem, wie tief ein Bewohner Freaktowns in der sozialen Hängematte seines Straßendorfes lag, reichten für Essen, Miete und Drogen keine tausend Mark. Hatte man gar nichts, trat in Kraft, daß man in Freaktown nicht verhungerte. Bewohner Freaktowns konnte werden, wer sich und anderen glaubhaft vorspielte, bürgerlichen Normen entkommen zu sein. Es war das Gefühl, die anderen arbeiten, man selber amüsiert sich. Die anderen sind die Dummen, man selber liegt vorne. Als einziges Prinzip wie eingebrannt war Freaktowns Bewohnern die Ablehnung des Leistungsprinzips.

Garantiert war diese Nische durch den status quo der Stadt. Seit es ihn in diesem Sinne nicht mehr gab, war es mit der Stille vorbei, und die Klagen darüber wurden nur noch übertönt von den sofort einsetzenden Bauarbeiten. Der Freund sah Freaktowns Ende als einer der ersten kommen und sprach, noch bevor die Mauer fiel, von ihrem Fall. Jeder Bewohner Freaktowns hatte ihn dafür ausgelacht. Die Selbstsicherheit vorher entsprach dem Kleinheitsgefühl danach.

An diesem Thema hatten wir uns ein Jahr vorher zerstritten, und nun machten wir weiter, in dem Wissen, keine Wahl zu haben. Ein Jahr später konnte ich dem Freund nicht mehr Pessimismus vorwerfen. Er hatte sich nur an seine eigene Ankunft im Westen vor achtzehn Jahren erinnert und diese Vorstellung millionenfach multipliziert, bis ihm schlecht war.

Es war das Jahr der Abrechnungen und, ehrlicherweise, auch das Jahr der Selbstkritik. Unsere Freundschaft festigte sich in den Momenten, wenn wir verstockt schwiegen und alles hinschmeißen wollten, da wir uns nicht mehr ertrugen, und wenn wir doch dablieben. Jedesmal stärker pochte unter der akuten Wut die Gewißheit, daß unsere Gegensätzlichkeit ein Teil von uns war, der nicht verhindert, sondern verfeinert werden mußte.

War von dem untergegangenen Staat die Rede oder drängte er sich durch ein übriggebliebenes Symbol unterwegs auf, fauchte der Freund eine Wut heraus, und ich nahm etwas in Schutz, und er sagte »ihr« zu mir, »Ja, ihr, es gibt Dinge, die kapiert ihr nicht«. Kurz bevor ich einschnappte und er fragte »Warum versteht ihr nicht, daß ich nicht verstehe, wie man in den Osten zurückfahren konnte, wenn man ihn legal verlassen durfte?«, erinnerte ich ein passendes Beispiel, und der Streit fiel aus.

Wenige Tage vorher hörte ich im Radio eine Schriftstellerin des untergegangenen Staates sagen: »Jetzt, da wir nicht mehr eingesperrt sind in diesen

Staat.« Ich kannte diese Autorin und wußte, woher: Aus Minneapolis, Minnesota! Wie konnte sie da lügen, sie sei eingesperrt gewesen?

Der Freund erinnerte daran, daß ihm in Westberlin niemand zuhörte, wenn er auf die DDR schimpfte.

Ja, es war der Sommer der Selbstkritik. Nicht für alle. Man hatte die Wahl, die Neuigkeiten zu erlernen und seinen Platz darin zu suchen oder auf Neues, Fremdes einzuschlagen. Am Schwielowsee hätte sich der Freund auch geprügelt. Allerdings wollten wir das neue Bundesland kennenlernen und nicht auf seine Bewohner einschlagen. Wir wollten den alten Staat und die alte Halbstadt mit Anstand loswerden.

Der Institutsleiter türmte zwanzig Exemplare eines Bildbandes vor sich auf, die er den Gästen zu überlassen vorhatte, ohne von einem Geschenk zu sprechen. Nun würden wieder Bücher vernichtet werden, sagte er, und alle erinnerten sich. Auch diese zwanzig Exemplare würde niemand mehr haben wollen. Sein »Erst 1933, dann 1989« verdarb mir gleich am ersten Tag das bislang leichte Leipzig-Gefühl. Als der Freund dreizehn war, wurde im Ostberliner Schulhof ein Bücherberg angezündet. Noch neben den Flammen lag da eine Bibel, die er haben wollte. Nach mehrmaligem Umschauen wagte er den Schritt zum Feuer und nahm das Buch, bevor es mit den anderen verlodern würde. Zu seiner Überraschung sprach ihn niemand darauf an. Die Erinnerung an seinen Mut, ein Buch zu retten, verbot mir, eines der zwanzig Exemplare, die ja nur niemand mehr haben wollte, anzunehmen.

Selbstkritik war, die Beschwerden des Freundes ernst zu nehmen als eigene Versäumnisse. Etwas über länger nicht bemerkt zu haben. Fernes gesehen, doch das Allernächste nicht angeschaut. Die, die über Leichen gingen, verteidigt. Die Nachsicht gegenüber dem vergangenen Staat war weniger selbstgewählt als aufgezwungen. Neugierdelos inmitten Brandenburgs gewohnt, ohne es bemerkt zu haben. Versäumnis, das ich früher nicht empfand.

Früher, nachts, auf dem Hochstand Brandenburger Tor hatten wir geraucht, nach Osten geblickt und einen Wunsch frei gehabt. Der Frau, mit der ich dort schwieg, brauchte ich meinen Wunsch nicht zu sagen, und sie mir nicht ihren. Dort galt nur einer – dann die Frage, ob wir etwas versäumt hatten zu tun oder auch nur zu denken, zu denken zuzulassen.

Wir hatten etwas versäumt. Ich hatte dem Freund nicht zugehört. Hatte selber weniger Falsches gegen Falscheres verteidigt. Falsch! Und der Höhepunkt von Verklemmtheit, dachte ich dann, war die klammheimliche Freude.

Irgendwo während der vielen Kilometer – wir schoben eine Kassette nach der anderen ein – hörten wir Stimmen. (Tag für Tag brachte der eine oder der andere neue Bach-Aufnahmen mit, wir ließen sie durchlaufen, ohne uns das Reden zu verbieten, wiesen einander auf »Stellen« hin, hörten sie ein zweites Mal; blieb eine Kassette Hintergrundsmusik, schoben wir die nächste ein; hob eine sich hervor, spielten wir sie nochmals, ohne zu reden, um zu hörenhören, was sich hervorgehoben hatte.)

Das Gespräch war weg wie eine Zigarettenkippe im Fahrtwind. Wir hörten mit offenen Mündern. Er ging vom Gaspedal und ballte die Fäuste, ich schloß die Augen. Wir rollten auf dem knirschenden Seitenstreifen, kamen zum Stehen und hörten nur noch zu. Es waren Stimmen, war ein Rhythmus, ein Baß, eine Orgel ... Er hielt sich am Lenkrad fest, ich mich am Sitz. So hatte ich mich beim ersten Rockkonzert festgehalten, als niegehörte elektronische Vibrationen Kontakt zu meiner Bauchdecke aufnahmen. Mit diesen offenen Mündern hatten wir zu unseren Helden auf den Bühnen hochgeschaut. Dann ließen die Stimmen nach. Er schaltete aus.

»Warum sind wir uns jetzt einig?«

»Was haben wir eben gehört?«

»Kantate 4, das Duett.«

»Warum hören wir das erst jetzt?«

»Jugend vorbei. Etwas fängt an.«

Diesen Tag und die nächsten redeten wir nicht über Glenn Gould, über Kälte, über Demokratie der Töne, angebliche Irrtümer oder Anekdoten. Wir spulten ein ums andere Mal die Kassette zum Anfang des Duetts zurück, bis wir das Stück intus, aber nicht über hatten. Und schwärmten in nicht nacherzählbaren Nacherzählversuchen, worüber kaum zu sprechen ist.

8

In Wannsee habe ich keines der drei Gewitter mitbekommen. Ich schlief neben der offenen Balkontür und sah kein einziges Bild dieser Schauspiele zwischen vier und sieben Uhr früh. Wenn ich gegen neun auf den Balkon trat, wurde ich an die Tropen in der Regenzeit erinnert. Dreimal fehlte mir die Vorgeschichte. Und doch war ich jedesmal sicher, nichts versäumt zu haben.

Von einem der Wolkenbrüche erzählte die Freundin bei unserem üblichen Vormittagstelephonat. Sie hatte Wannsee um drei Uhr morgens verlassen. Sie habe sich »mit unserem Geruch« in den Erker gesetzt und die Nacht mit einer Zigarette und einem Glas Wein beschlossen und im Gewitter im großen wiedergesehen, was in ihr selber vorgegangen sei. Sie habe die Fenster geöffnet und sich erinnert an Schweißperlen, die ihr aufs Gesicht tropften. Sogleich waren wir erhitzt und jegliche Vorsorge, vor der Mittagshitze in einem kühlen Zimmer zu sitzen, zunichte gemacht. Wenn wir telephonierten, herrschten Sonnentemperaturen, in welchem Schatten ein jeder sich auch befand.

Ich erzählte von einem Bekannten. Sie beschrieb ihn mir. Er war auch ihr Bekannter. Nur sie und ich oder ein Vierter hätten dem Dritten von ihr und mir erzählen können. Den Vorteil eines Dreiecks genossen die, die von ihm wußten. Es stärkte sie. Sie zwinkerten sich zu. Als der Freund von der Leidenschaft der Freundin erfuhr, sagte er »Dreieck«. Und als der Ehemann der Freundin eine Besichtigung jenes Betriebes unternahm, der denen gehörte, deren Haus in Wannsee ich bewohnte, hatten wir Mühe, alle Dreiecke zu zählen, die im Spiel waren. Bemerkten wir wieder eines, nahmen wir es als Zeichen dafür, daß nun alles mit allem zusammenhing.

So ging es in Romanen und Filmen zu; wenn so etwas im Leben geschah, sagte man, es sei filmreif. Im Film sah man Stimmigkeiten, die das verfranste Leben nicht bot. In diesem Sommer war ich keinmal im Kino, las ich auch kein Buch. Was mich fesselte, das war die Welt, durch die ich ging.

Nun sah ich damals schnell vergessene Bilder aus dem Nachtleben. Zwei nackte Unverstandene zogen sich an und gingen ihrer Wege; auf zum nächsten Versuch. Szenen, die etwas Unerklärliches und nicht Geklärtes hinterließen. Man hätte die Frage, was geschehen sei, nicht beantworten können. Ich hatte sie nicht gequält, ich hatte mich nicht gewehrt; so war ich für manche wie keiner. Die zweidrei Worte und Zeichen der anderen, die am Ende, wie ich, Harmonie ersehnten, hatte ich gehört und nicht entschlüsselt.

»Wir, die von ihren Eltern Mißhandelten, mißhandeln weiter. Wir haben die Geliebten an ihren Schlägen erkannt und erkennen uns nun wieder an den Schlägen unserer Geliebten. Das ist, kurz gefaßt, das Liebesleben der meisten, die ich kenne«, sagte Jana.

Wir waren auf dem besten Wege vorwegzunehmen, was ich mit der Freundin dann einging. Von den ersten Berührungen an trugen Jana und ich Wunden und Quetschungen davon. Sie ritzte mit dem Fingernagel die Haut zwischen Zeige- und Mittelfinger meiner linken Hand auf. Stellte ich die Finger mit den Spitzen auf eine Platte, lachte ich Jana zu, zu ihr hin. Einmal fuhr ich dort hin, wo sie allein ein Haus bewohnte. Hinterher sagte sie, ich sei der erste Mann dort gewesen, der im eigenen Bett schlief.

»Dann müssen wir jetzt immer sprechen«, sagte sie bester Dinge. Wie dankte ich ihr, daß sie sich und mich gelten lassen konnte. Also erzählte sie, wenn sie ihren noch lauernden und gleich darauf flackernden Blick und dieses Zucken der Oberlippe bekam, von ihrem neuen Stück, die Anstrengung nicht verbergend, die das für sie war, und ich boxte sie, aus Dankbarkeit, wir balgten und hörten auf und unterhielten uns dann anständig.

Nach dreivier Begegnungen mit ihr waren meine Finger aufgeschrammt, übersät mit allen Rottönen von offener Wunde bis zu neuer Haut und Narbe.

Es gibt eine noch frühere Begegnung mit Jana. Eines ihrer Stücke war für einen Raum eingerichtet, in dem die Zuschauer an den Rändern auf dem Boden saßen. Die Ecken mußten für die Tänzerinnen frei sein. In der Nähe einer Ecke sitzend, bekam ich einen Tritt einer Tänzerin gegen den Fuß. Sie stürmte auf mich zu und konnte ohne mich nicht abbremsen. Neulich erst hat Jana eine ihrer damaligen Regieanweisungen erzählt: »Treten, wenn da jemand ist.« Meinen Platz dort hatte sie mir zugewiesen.

Wieder erwartete ich die Freundin. Den Ratschlag des Freundes, sie zu fesseln und einzusperren, an den ich täglich dachte, behielt ich für mich. Die Vorstellung war gleichzeitig erregend und abstoßend. Noch stand die Tageshitze in Wäldern, Wegen und Wohnungen. Man konnte die Luft greifen. Die wechselhafte Zusammenkunft eines fernen, bald hinter Babelsberg abtauchenden Sonnenrots mit hohen, es schraffierenden Wolkenlinien machte das Licht zwar sachlicher, als es am grellen Tag war, aber auch unwirklich, weil so selten, einzwei Stunden am Abend. Über dem Ende der Straße, auf der sie mit dem Wagen nach Wannsee kam, sah die Freundin etwas anders das gleiche Himmelsbild vor sich. Währenddessen wässerte ich jene Pflanzen, die unter Dächern wuchsen, und betäubte mich an den Gerüchen des Abends im Garten.

Unsagbar, nicht zu erzählen. Was täte ich dem Hörgenuß an, quälte ich die Ohren mit meiner Nacherzählung einer Musik. Nur wer von der Musik nicht erfüllt ist, versucht es überhaupt. Wie von unseren Festessen und Gelagen sprechen, ohne sie klein zu machen? Mein Notizheft lag in jenen Wochen wie ein Stück Blei. Nichts war erbärmlicher, als das Wohlgefühl in Satzjacken zu zwängen und aus dem »Jetzt« ein »Neulich« zu machen.

Unter dem Garten sind die Rohre einer Sprinkleranlage verlegt. Die Düsen kann man tagsüber auf Grasnarbenhöhe sehen. Ab ein Uhr nachts fuhren sie dreißig Zentimeter in die Höhe und versprühten in genau eingestellten Drehungen pünktlich den künstlichen Regen. Zuerst hörten wir die Düsen im vorderen Bereich, ums Haus herum, tuckern und zischen. Bald erhoben sich dazu die im unteren Rasenbereich und vermischten sich mit den anderen und nächsten zu einem Kanon; unsere Nachtmusik. Bevor die Düsen im oberen Garten, wo wir den Abend verbracht hatten, losgingen, waren wir über den Außenweg zum Haus zurück.

Dort, auf dem Teppich vor dem Kamin, als der Sprinklerkanon vollständig rauschte, schauten wir uns in die Augen und versicherten uns des Vertrauens, dem wir uns soeben im Rausch überlassen hatten.

Durch einen Knall wurde ich wach. Vorher sah ich die erste und letzte Bewegung einer Frau. Erster Widerstand, als sie sich, um den Reiz zu erhöhen, abwendete. Letzter Widerstand, als sie sich wand, kurz bevor sie weich wurde. Ich blickte auf den dampfenden Garten hinab, dorthin, wo wir nachts lagen. Ziel des Widerstands der Freundin war, daß sie ihn aufgab, sich hingab und nahm.

Von Mal zu Mal wurde es schöner. Das klingt banal. So reden Liebende. Und erinnern sich gern an sich selbst. Unsere liebste Erinnerung war die an ihr Fenster. Unsere zweitliebste die an die Party. Manchmal gingen wir durch den Wannseer Garten und zeigten uns Stellen, auf denen wir gelegen hatten. Die letzte war noch plattgedrückt. Jedesmal hatten wir Grund, uns ans letzte Mal zu erinnern. Es war in der soeben vergangenen Nacht, vor dem Gewitter, dessen letzten Schlag ich hörte.

Es tropfte aus den Bäumen, als sei da eine Quelle, und die Tropfen glitzerten unter der weißen Siebenuhrsonne, und der Rasen war von Tausenden Kristallen bedeckt, die gleißende Kreuze bildeten. Die Wolke, aus der das Gewitter brach, schien noch im Garten zu hängen. Ich schaute zu, wie die Kristalle auf den Grasspitzen verdampften, und hörte die Pausen zwischen den herabfallenden Tropfen länger werden. Dann war es kurze Zeit still. Selbst die Vögel waren woanders. Unmerklich wurde heller Tag, verflog die Wolke, wurde das Grün so satt wie gestern nicht.

Ich zog weiße Sachen an, löschte die Lichter, die die Nacht über am Haus und im vorderen Garten brannten, zog die Rolläden hoch, ließ die Rotweinflaschen verschwinden und lüftete. Ich hatte eine Bach-Platte aufgelegt, von Glenn Gould und vom Freund und vom freundlichen Hund geredet. Von seiner Antwort auf meine Erzählung ihrer zweidrei Worte hatte ich ihr nichts gesagt. Im weißen Zimmer war der Tisch an die Wand gerückt. Ich zog ihn in die Mitte zurück. Sammelte ihre dagelassenen Armreifen und Kettchen auf und trug sie zu dem Platz, wo die Dinge hinkamen, die sie jedesmal liegenließ. Ich stellte mir vor, wie ich dem ersten Ratschlag des Freundes folgte, und fühlte, daß er mit ihr und mir nichts zu tun hatte.

Ich ging aus dem Haus in ein anderes Grün. Wollte mein Glück ausführen. Für eine ältere Frau, der ich begegnete, war ich jedoch nur ein unausgeschlafener Streuner, der sich das Hemd zuknöpfen sollte. Sobald der Glückliche sein Glück zeigen will, wird er lächerlich.

Im August nahm die Feuchte noch zu. Während angekündigte Gewitter an Berlin vorbeizogen, hämmerte ein nicht vorhergesagtes sich über der Stadt leer. Es war einer der seltenen Sommer, in denen bis Mitte August keine Trockenzeit Sträucher und

Bäume am Wachsen hinderte. Alle vier Wochen war der Gartenweg zur Straße zugewachsen. Kein Tag, der nicht Sonnentag war und an dem es nicht auch regnete.

Die Gewitter nahmen ihr die paar Stunden Schlaf, bevor ihr Mann aufstehen und sie ihm Frühstück machen würde. Zweidrei Nächte die Woche schlief sie nicht. Ihre Idee war, nachts bei mir zu bleiben und in der Frühe ausgeschlafen nach Hause zu kommen. Ihr Mann sagte ja. Er wollte warten, bis unser Anfall vorüber wäre, und auf diese Art eher nachhelfen. Als dann der Termin der ersten Nacht, die sie bei mir bleiben konnte, mehr von ihm und ihr als von ihr und mir bestimmt wurde, sagte ich nein. Wir verschoben sie um eine Woche. Da war es wieder warm wie zuvor. Und über der Stadt braute sich ein Gewitter zusammen.

Zwei Tage später erhielt ich einen Brief. »Das Salz auf dem Boden, Blut in den Kleidern, geschwollene Brüste, aufgeriebene Knie und Unterleib überall. Die Nacht war wunderschön, ich kann kaum sitzen. Mit Vergnügen und Verlangen ...« Sie hatte es auf die Rückseite eines Werbezettels geschrieben. In kleinen Buchstaben las ich unten: »Interessanter ist, was du mit meiner Rückseite machst.«

9

Nach Wochen wieder in Charlottenburg, im verkehrsberuhigten Straßendorf, schien es nur noch wenige Tätigkeiten zu geben, die die Bewohner nicht am Gehwegrand erledigen konnten. Wer sich dort nicht bräunte, nahm sein Sonnenbad, das zur Statuserhöhung unerläßlich zu sein schien, am Rand des Spielplatzes, wo dreißig Personen engen Raum hatten. Wer zu spät kam, mußte in den Park, wo sich, besonders nahe der Wege, kaum noch jemand in Bekleidung ausstreckte.

In Minneapolis wäre ich beinahe ins Gefängnis verbracht worden, da ich verdächtigt wurde, Frauen und Kinder zu belästigen. Auf die Stadt zufahrend, hatte ich pinkeln müssen, fand jedoch die Abfahrt nicht und fuhr mit meinem Bedürfnis einmal um die Stadt sowie um St. Paul herum. Auf der Abfahrt konnte ich nicht mehr warten, parkte den Wagen am Rand des Zubringers, stellte mich vor ein Wäldchen, und es heulten Sirenen auf. Zwei Polizeiautos keilten meinen Wagen ein, ein Polizist stieg aus, rief »Stop this!«, und nur halb entladen ging ich auf sie zu. Das sei verboten. Ob es üblich sei, Frauen und Kinder zu belästigen. Ob ich Papiere. Sie könnten mich zum

Gefängnis bringen, ohne festen Wohnsitz. Als ich mir dies alles bereits vorstellen konnte, entließen sie mich.

Auf dem Hügel am Spielplatz zogen sie nun auch die Höschen aus. Dicht lag Fleisch bei Fleisch; nicht jedem fiel dazu dasselbe ein. Nacktbadestrände waren leer, in den kleinen innerstädtischen Parks fanden sich die Bloßen. Unter Nackten wären sie Gleiche. Unter Angezogenen erst waren sie nackt. Wie welche, die keinen Ort in der Natur mehr fanden, der zu ihnen sprach, und nun hilflos geballt versuchen, selber wie Natur zu sein oder sich so zu empfinden, indem sie sich unweit von Kindern und Spaziergängern zwanglos ausziehen.

Selbstverständlich wurde vor meinen Fenstern gebaut. Die ganze Stadt war Baustelle. Ich hörte, daß die Maurer aus Sachsen stammten, und wartete gierig auf jeden ihrer Zurufe. Sächsisch war häßlich und herzlich. Mit ihm wurde der andere Staat in den Dreck gezogen. Jetzt war es der mir liebste deutsche Dialekt. So wie ich dem Haß nicht getraut hatte, traute ich dem Herzen nicht. Wie lange würde es dauern, bis sächsisches Sprechen gewöhnlich wäre? Ich stampfte auf. Das Leben kam mir doof vor und träge. »Wenn bei Capri die rote Sonne im Meer versinkt«, sang der Kranführer zehn Meter über mir, als er den roten Greifer aus Eisen in die Häuserlücke sausen ließ.

Nach dem ersten Abend außerhalb meiner Wohnung war ich – im Verhältnis zum Geschehenen maßlos – erschöpft. Wozu das Sitzen bei bitteren Getränken? Wo man sich traf, traf ich auf niemanden. War täglicher Besucher der Obstgeschäfte in meiner Gegend. Ich konnte nicht schlafen, weil ich zuviel Mattcha getrunken hatte, und ging nachts, als die Patienten versorgt und auf den Heimwegen waren, zur letzten Bestellung an die nicht mehr umkämpfte Balztheke.

Da waren noch alleinstehende und gemeinsam trinkende Männer, die Erfolg hatten, allerdings Alkoholiker oder auf dem Weg dahin, und Frauen, die aussahen, als wollten sie sich an einen anhängen. Wer von denen wird in zehn Jahren Erfolgsmann sein und nicht Alkoholiker – so die Frage, die ich ihren Seitenblicken, die, wie immer, die hauptsächlichen waren, anmerkte. Ihrem Erfolgsmann würden sie das Trinken zugestehen, wogegen klar war, daß einer erfolglos wäre, *weil* er trinkt. An der Theke saß der Professor, der sein halbes Leben lang mit früher zehn, nun dreißig Jahre jüngeren Studentinnen schwatzte, nach dem Motto »Jedes Jahr werden sie wieder zwanzig«.

Erzählten alle das gleiche? Warum überraschte niemand mit einer Eigenart oder wenigstens einer Erzählung davon? Männer gaben vor, sich die Köpfe übers Geldverdienen zu zerbrechen, Frauen sagten, sie wollten *mehr für sich sein* (*mehr* für sich oder mehr für *sich*?). Lebenswert schien das Unterscheiden, weniger das Leben zu sein. Viele sagten, sie wären früher *mehr mit Leuten zusammen* gewesen. Als sie zu sich hätten kommen können, gingen sie zu anderen. Danach, als sie zu anderen hätten gehen können, mußten sie zu sich kommen. Lange Zeit befanden sie sich da, wo keiner war. Nun erzählten alle das gleiche von dem Ort, wo niemand war.

Sie machten Filme, Häuser, Wörter, Bilder, Töne, Druck, Licht, Schwärze. Sie klagten am liebsten über die Kultur und ihren Verfall. Filmer warnten vor einer Bilderflut. Talkmaster warnten vor dem Fernsehen. Alle zusammen warnten vor amerikanischem Imbiß. Sie tranken trockenen Weißwein oder Bier und Tequila. Um Mitternacht liefen sie zu einer kurzen Phase verbaler Hochform auf, bevor jeder laut oder leise in sich zusammensackte, während sie noch ganz gut mitredeten mit den anderen, die inzwischen genausowenig mitkriegten und genausogut mitredeten und die, wenn eine Erzählung nicht innerhalb einer Minute abgeschlossen war, nicht wußten, wo sie angefangen hatte, und das jede Nacht. Ich lächelte über einen, der ich gewesen war. Vertraut war mir, dabeisein zu wollen, Stuhl und Tisch bei anderen zu suchen, die dasselbe zu finden hofften. Längst galt meine Sehnsucht aber einem Ort, den ich nicht kannte. Ich stellte sie mir ohne den Plunder vor, mit dem sie sich erkennbar machten, und fing an, sie zu sehen, doch störten ihre Hand- und Kopfbewegungen, und ich hätte am liebsten Beruhigungspillen verteilt, damit die gelernten, geübten, zu gut gekonnten Posen aufhörten und jeder als Einzelner neben Einzelnen erkennbar würde.

Fremder werden! Zusammen mit anderen!

Am nächsten Mittag schnappte ich die Silhouette meines Kopfes im Schattenbild auf. Sofort wollte ich diesen Anblick vernichtet haben und ging zum Friseur. Als da die Tür sich schloß, war es, als habe jemand die Tonkassette abgestellt. Wie in alten Zeiten passierte erst einmal nichts. Der Inhaber kam, grüßte und verschwand wieder. Beim Haareschneiden redeten wir nicht über Haare, nicht über die neue Stadt, und als ich sah, daß er den Scheitel auf der falschen Seite zog, sagte ich, dort sei er richtig.

Am zweiten Tag ging ich zum Lietzensee und nicht in die Nähe der Einkaufstraßen. Ich kam mit einem Buch, das Lesezeichen weitergeschoben, und nicht mit einer Tüte voller Waren zurück. Mir war, als hätte der Städter sein Land gefunden. Lange nicht mehr ein Raum zu eng. Lange nicht mehr keine Zeit gehabt. Lange nicht mehr das fremde Hecheln in mir selbst verspürt. Sah ich Mütter und Kinder, dachte ich nicht mehr: Was für ein Elend!, sondern: Welche Freude! Früher betrachtete ich die Mütter; nun die Kinder.

Ein Gang auf die Straße wurde zum Auftritt. Vorbei die Zeit, als Inhaber schlechtgehender Läden hinter den Gardinen hockten, lugten und für Tratschzufuhr sorgten. Nun saßen sie vor den Läden auf den Gehwegen, schoben Steine hin und her und nahmen die Parade des Straßendorfwegs ab. Ein jeder kontrollierte das Gewicht jedes anderen. Wer war der Schönste, die Klügste, Kälteste, Herzlichste auf der lokalen Rennbahn? Eine Bewegung übers Mittelmaß hinaus, und du wurdest zum *Der, welcher.* Sympathisch oder nicht, Ja oder Nein – sie taten, als lebten sie *davon* und nicht von dem Brot, das sie holten. Ich ging nur noch mit Sonnenbrille hindurch.

Ein Fiat und ein Lada mit polnischen Kennzeichen brannten (die Innenräume verglüht, die Außenlacke fast unbeschädigt) und wurden gelöscht. Erst hundert Meter weiter standen Menschen beisammen. Sie betrachteten die eingetretenen Türen zweier Autos der Luxusklasse. Eines gehörte der Chefredakteurin einer Frauenzeitschrift, das andere einem Bauunternehmer. Die Frauenwohngemeinschaft und die Unternehmerfamilie diskutierten die Schadenersatzfrage. So etwas passierte jede Nacht, hörte ich.

Dabei stand eine Frau, die Dialogbücher für Filmübersetzungen schrieb. Sie hatte die nächste Stufe der Karriereleiter erreicht und erklärte es damit, daß man bewundere, wie sie aus mittelmäßigen amerikanischen Produktionen deutsche Kassenhits mache. Ihr Erfolgsrezept sei die Abweichung vom Original. »Gut« sei sie, wenn sie am Ende *ihren* Film sehe.

Ich traf einen Mann, der Tag für Tag Songs, die wir Oldies nennen, anhand der Musterbänder in ihre originären Tonspuren zurückzerlegte. Dann wurden die einzelnen Instrumente von Synthesizern kopiert und anschließend »wie früher« zusammengemischt. Gelungen war seine Arbeit, wenn kein Unterschied zwischen dem alten Lied und der hochgemischten Neufassung das Hören störte.

Bin in mehreren Cafés gewesen (in meiner Straße sind vier), habe Zeitung gelesen und Milchkaffee-Trinkerinnen beobachtet, die Wollpullover trugen und ihre Tücher umließen, wenn sie zwei Milchkaffee bestellten. Sogleich steckten sie die Köpfe zusammen, sahen aus, als wollten sie vor Nachdenklichkeit gar nicht sprechen, und sprachen über Gefühle und wie die Gefühle sich anfühlten. Sie schauten sich nicht um; das hätte vom Fühlen der Gefühle abgelenkt. Erst wenn sie leise ausgeredet hatten und ihre

Schalen leer waren, betrachteten sie im Weggehen den Ort und die Menschen, die sie umgaben. Aber niemand schaute zurück.

Ich brauchte einen Imbiß und setzte mich in eine Naturkostbar. Hinein kam eine Frau, die eine andere, die dort aß, kannte. Sie redeten über Beziehungen Glücklich Unglücklichsein, in einem saloppen, flapsigen Ton, der inkauf nahm, die andere zu verletzen. Jede an Bosheit grenzende Übertreibung wurde hingenommen, vielleicht nicht bemerkt. Es schien buchstäblich »ausdiskutiert« zu sein. Die hinzugekommen war, ging guter Dinge, vielleicht mit der Rechnung im Kopf, beleidigungsquitt zu sein, und die andere schlurfte vom Imbiß- in den Einkaufsbereich, wo sie, wie in einer Wärmhalle, dastand und beobachtete.

Jetzt sah ich, warum die Osteuropäer nicht in diese Straße vorgedrungen waren. Weder gab es dort Parkplätze für ihre Reisebusse noch einen Supermarkt, um die Busse zu füllen.

Da ich der Freundin von all dem berichten wollte und wir einige Tage nicht telephoniert hatten, ging ich ins angrenzende Quartier und klopfte gegen die Eisentür. In der Ecke, wo beim ersten Mal der Mann auf der Matratze gesessen hatte, standen drei Männer, die abgerissen, wohnungslos aussahen. Mir fielen die Wohnungslosen von San Francisco ein, die in Baugruben hausten. Sie hatten sich in braune Lumpen gewickelt und trugen mit allem Stolz die buntesten Mützen, auf denen der Name ihres Baseballklubs zu lesen war.

Auf der Arbeitsplatte war eine leere Stelle. »Das letzte Mal, daß ich für einen Architekten gearbeitet habe«, sagte sie. Die meisten erwarteten, daß Modellbauer ihre Fehler schweigend ausbügelten. Meistens taten sie das auch. Fehlte in der Zeichnung etwas so Absehbares wie eine Garagenwand, so setzten sie sie hin. Die Zeichnung des Architekten war voller Fehler, und die Freundin konnte nicht alle Gründe erkennen. Sie ließ zwei Treppen im Freien enden und wollte ihm den Irrtum zeigen. Der aber kam mit Frau und Kind in die Werkstatt und hatte eine Überraschung organisiert. Die traf dann ihn. Er war empört. Das hätte er nicht gezeichnet. Die Familie fand es halb so schlimm. Als er seine Ehre wiederhergebrüllt hatte, zeigte sie ihm die Zeichnung und er ihr, wieder beruhigt, seine Fehler. »Er kann nicht um die Ecke denken. Dann soll er sich nicht so eine Treppe vornehmen.« In der Verbesserung entdeckte sie wieder zwei Fehler. Sie ließ sie verschwinden. Soeben hatte er sein Modell abgeholt. Ich drückte sie auf die Arbeitsplatte. Sie sagte »Laß mich«. Sie schnappte nach Luft.

Der Mann auf der Matratze, der seit Wochen vor ihrer Tür übernachtet hatte, war im Schlaf mit Domestos übergossen und verätzt worden. Es geschah zwischen ihrer Werkstatt, dem *Mieterladen* und dem *Verein für selbstbestimmte Geburt,* in der Nacht zuvor. Die Freundin knotete einen blauen Müllsack zu. »Laß uns hier weggehen!«

An der Stelle, wo die Matratze gelegen hatte, war ein heller Fleck. Nur dort erkannte man das Muster der Kacheln. Der Hauswart wischte den Flur. Neben seinem Eimer eine Flasche Domestos. Die anderen beiden Männer hielten Bierdosen und schauten uns mißtrauisch an. Sie knallte die Eisentür zu.

Ich erinnerte ein Lokal am Plötzensee, wo man auf Bootsstegen saß. Sie war zwei Tage bei ihren Eltern gewesen. Die Mutter hatte angerufen, der Vater lag im Krankenhaus. Sie bemerkte, daß ihre Mutter eine Ganztagstrinkerin war. Es war nachmittags, und wir bestellten Bier. Vor Jahren hätte die Mutter offiziell zu trinken aufgehört und es geschafft, alle zu belügen. Im Streit reiste die Freundin fort und sagte nun, sie würde sich dort nicht mehr blicken lassen. Noch nie ging sie im Streit, auch wenn ihr danach war.

»Das hat mit uns zu tun, ich weiß nicht wie, aber es hat.«

Um uns herum saßen andere Nachmittagstrinker, wir hatten uns zu benehmen und schmolzen wieder zu dem Gesprächspaar zusammen, das sich alle Aufmerksamkeit gibt. Sie weinte.

»Ich habe da geantwortet, vielleicht zehn Jahre zu

spät, vielleicht im falschen Moment, aber ich habe geantwortet. Ich hätte ihr eine reinhauen können, ja.«

Sie lachte. Was war der Unterschied?

»Kindsein war auch, zur Liebe gezwungen zu werden.«

»Und zu merken, daß man sie selbst dann noch liebte«, setzte sie hinzu und weinte wieder.

»Wie das entmischen?«, fragte sie.

»Aufmischen«, sagte ich und haute ihr auf den Schenkel, daß sie schrie.

Dann gingen wir.

In der Nacht hielt mich ein Film über den Majdanek-Prozeß wach. War zwanzigdreißig Mal eingeschlafen und ebensooft aufgeschreckt. Sah die Frisuren der Aufseherinnen in ihrer Jugend und, später, während des Prozesses: »nach hinten gesteckt«. Hörte wieder, daß manche während der Verhandlung die ehemaligen Insassinnen, die als Zeuginnen sprachen, duzten. Nicht dies allein. Wachgeruckt, sah ich jedesmal eine andere ältere Frau, die mein Leben gestreift hatte, mit dem Aufseherinnenhaar und dem Aufseherinnenmund. Und am Morgen, zu erschöpft, um aufzustehen, zu wachgerüttelt, um zu schlafen, war *die deutsche Frau* mir verdächtig. Den folgenden Tag – umhergetölpelt; mich beinahe verletzt – »verlebte« ich, nie zu spät!, als Tag der Buße.

Dann Aufseherinnen und Aufseher, als ich mittags durch Charlottenburgs Kaufstraßen (erstes Wort eben: Kampfstraßen) schlenderte. Osteuropäische Hütchenspieler riefen in alten deutschen Frauen auf Zack gekommene Kontrolleurinnen wach. Drei Uniformierte, die sich blicken ließen, wurden zur Meldestelle, und sogleich war die Kampfeslust erhöht.

In zu vielen Gesichtern las ich den Abschied vom Leben, sah ich die unentschuldbare Beleidigung. Manchmal tat es weh hinzuschauen. Westberlin war weg. Ein Spielzeugauto fiel von einem Balkon auf die Schulter eines Mannes. Der hob es auf, schaute hoch und knallte es unter den Augen des Kindes auf den Gehweg, wo es zerplatzte.

Ich suchte eine Schnellbahn nach draußen. Darin saßen, wie immer, mehr Menschen aus dem untergegangenen Staat als aus dem vergangenen Westberlin. Früher waren dies Geisterzüge, und die Bahnhöfe verrotteten. Immer sah man der Bahn in der Weststadt an, daß sie boykottiert wurde. Nur im Osten blieb sie normales Verkehrsmittel. Die Bahn war voll. Viele redeten. Ich hörte kein Wort. Sie hatten gelernt, sich jederorts so leise zu unterhalten, daß niemand mithören konnte. Was hatten sie Verbotenes zu sagen gehabt, daß sie so leise redeten?

Während der Rückfahrt suchte ich nach einer Antwort, wie das festgefahrene Neubürgerleben im Straßendorf entstanden war. Warum saßen so viele in ihrem Gegengefängnis? Sie hatten vergessen, etwas anderes als ein Gefängnis zu bauen. Sie wollten nur ein schöneres Gefängnis für ihre besten Jahre, und nicht etwas anderes als ein Gefängnis. Damals, als die ehemals Jungen aus den Elternwohnungen heraus in Gleichaltrigenwohnungen stürmten und erstmals unter sich waren, galt es, sich zu eichen auf Verhaltensweisen, Jargonpartikel, Feindbilder. Mit ihnen gab es dort Anerkennung, wo man sie haben wollte. Am Anfang war jeder gezwungen, schwarzweiß zu malen, und konnte sich nur selber zwingen, die Zwischentöne zu entdecken. Dabei half ihm niemand mehr. Keines der Grüppchen; sie lebten vom Schwarzweiß. Und dann sprachen sie, Meinung und Geschmack, Urteil hinterher oder vorneweg. Mittlerweile schien die Lebenskunst in dem Straßendorf darin zu bestehen, gegen das zu sein, was man selber verkörperte, ohne es zu merken. Für richtig und lebenswert befunden, was die Eltern für falsch gehalten hatten... Nicht den Empfindungen, sondern diesem Befund nach gelebt... Ihn verteidigt wie ein Grundgebot... Die Selbstwertanzeige, »richtig« zu sein, daraus bezogen, gegen »Falsches« zu sein... Immer wieder Falsches verteidigt, um »noch Falscheres« zu verhindern... Ergebnis: Falsch.

10

Schon während des Fußwegs vom Bahnhof Wannsee zum Sommersitz fühlte ich mich dort zu Hause, nicht in Charlottenburg. Das Haus war der Ort, wo ich erschöpft hinkam und auftankte, bevor ich mich wieder verausgabte. Die Schultern fielen leicht ab, und ich ging nicht den Gang anderer. Dort kam ich nicht auf die Idee, eine Hand in die Hosentasche zu stecken, mir durchs Haar zu fahren oder einer Ampelschaltung nachzueilen. Da ließ ich alles sein, weil alles da war.

Für die Wannseer war die Ruhe vorbei. Dreißig Jahre lang hatte kein Autofahrer die Absicht, nach Potsdam zu fahren. Keine Bank wollte am Rand Westberlins bauen. Nun war diese Straße, die Berlin mit Potsdam verbindet, ein Bankfilialenspalier.

Überflußgesellschaft... Ein altes Wort klang neu. Die jüngste Erfahrung der Berliner war Überfluß. Von allem war plötzlich zu viel da, Menschen, Autos, Lärm. Hatte man etwas im anderen Stadtbezirk zu besorgen, was man früher fast auf die Minute berechnen konnte, so kam man nun verspätet und erledigt wie am Ende eines Arbeitstages zurück. Überfluß war nicht mehr etwas, aus dem man schöpfen konnte, sondern etwas, das einen abschöpfte.

Wie geschmeidig der kantige Menschenschlag hier mit außergewöhnlichen Mengen, sich auflösenden Ordnungen und dem dann nötigen Maß an Improvisation sich arrangiert! An ruhigen Tagen meint man, wenn es etwas voller wäre, würde einer auf den anderen losgehen. Kippt wirklich jede Ordnung, schafft man sich, wo man ist, eine provisorische. Eher hellt dann ein Schlenkern eine Alltagsbewegung auf; Frohsinn steckt an wie Grimm.

Zu Hause war ich hinter dem Gartentor, wenn ich mich durch die inzwischen geschnittene Schneise schlängelte und, wie der Hund jedesmal, die Ränder des Gartens abging und stehenblieb und zurückschaute. Ich ließ mich oben im Garten nieder mit der Gewißheit, daß niemand kommen und etwas wollen würde. Erst dann ging ich ins Haus.

Am nächsten Morgen war die Welt wieder gut verkleinert auf Wannsee und seine nächste Umgebung, Wälder und Wasser. Verkleinerung hieß, die Konturen waren schärfer und das Gebiet, dem ich mich zugehörig fühlte, übersichtlich. So kamen Farben, Düfte und Wolkenschaubilder zurück. In Charlottenburg war ich farbenblind, verspürte kein Klima mehr und versuchte, vor den Gerüchen die Nase zu verschließen. Das ging mir erst in Wannsee auf. Nur selten saß ich dort an dem weißen Tisch vor weißen Blättern, oft lag ich in einer schattigen Gartenecke und las oder schlief oder träumte mich in den Wolkenfilm hinein, bis ich mich in einem Gebirge wähnte. Dann schwang ich mich aufs Rad, kämpfte mich den Schäferberg hoch und rollte auf der anderen Seite nach Potsdam hinunter.

Deutschland durfte sich wieder Deutschland nennen. Viele brüllten Skandal!, weil der alte Staat sich nicht pünktlich in nichts auflöste. Man wollte die Menschen, aber ohne Vergangenheit. Kopfschütteln, wenn ich eine Meinung sagte, ja, ich sagte eine Meinung. Sie lautete, Millionen Nazis waren wiedereingeordnet worden, warum nicht auch die Spitzel? So zu denken hieß, Frieden zu empfehlen, wo ein wenig Krieg noch möglich war.

Als der – nun auch vergangene – sowjetische Präsident eines Tages weggeputscht schien und der Freund es mir aufgebracht meldete, sagte ich, ich könne seine Mordgelüste verstehen, aber auch die anderer. Für ihn war der Putsch die letzte Zuckung der Kommunisten. Ich hätte diese Wörter nicht benutzt. Für ihn waren es die Wörter für seine Feinde. Er meinte, ich würde für Mörder sprechen. Ich versuchte mein Unentschieden zu verteidigen. Gleich im Auto begann der Streit, und er hörte beinahe auf, als der Freund, eingeschnappt, zurückfahren und allein bleiben wollte. Ich wußte aber, daß wir uns so dumpf nicht mehr zerstreiten konnten, eine Gemeinsamkeit hinter dem Streit hatten, diese Härte brauchten und darüber hinaus waren, an ihr zu zerschellen. Dann zwang ich mich zu unterscheiden, was früher immer vermanscht worden war. Der Freund hatte als *Opfer* des alten Staates gesprochen, nicht als *Gedankenspielgegner.* Er hatte in diesen Momenten weniger *erzählt* als vielmehr *wiederempfunden.*

Er ließ mir keine Chance einzulenken, wütete sich in ein Recht. Da war er wieder: der (anderthalb Kopf kleinere) Mann, der alles einsetzt, um ein wenig größer zu erscheinen, oder stärker (unter Zuhilfenahme dieses Hundes einer berüchtigten Rasse), der dem anderen das Wort verbieten will. Ich war nicht beleidigt, sondern betrachtete selber den an mir, den er meinte. Und als er dessen ungeachtet weiterpalaverte, wurde er so lächerlich wie früher manchmal, doch in diesem Sommer noch nicht. In seiner Rage fuhr er zum Hochstand am Güterfelder See, wo er eine Art Heimspiel haben wollte. Wieder hockten wir auf den anderthalb Quadratmetern Brandenburg, die wir am besten kannten. Unten protestierte der Hund auf seine leise Weise dagegen, daß er es nicht schaffte hochzukommen. Dort, fünf Meter über dem Erdboden, bewacht, das Auto in Blickweite, konnte der Freund frei sprechen. Ich hörte ihm zu, ohne mich besser zu machen, als er mich beschrieb. Mir drehte sich der Magen nicht, der Pulsschlag wurde nicht wesentlich schneller. Dann nahm ich mir meine Redezeit. Später sagten wir: Ja, so sollen wir sein! Wir quälten uns, bis wir einander nützlich wurden. Keiner rannte weg. Jeder mußte lernen. Das war, zum zweiten Mal, die Lehre des Hochstands.

Seit Monaten verbrachten wir in kürzesten Abständen ganze halbe Tage miteinander. Früher wäre einer nach solchem Aneinanderrasseln einfach weggeblieben, und eine unserer Pausen hätte begonnen. Nicht in diesem Sommer. Trotz aller Streitereien ging keiner. Der Druck, einander wiederzusehen, war stärker. Unsere Pausenlosigkeit führte ihn wie mich in schwachen Momenten zu der Frage, wer inzwischen unmerklich über wen bestimmte bei allem Vergnügen. Zu der Frage, ob einer übersah, daß er dem listig ausgelegten Netz des andern ausgeliefert war. Die Vertrauensfrage. Jeder brachte etwas mit, auf das der andere scharf war. Die Frage galt, seit der Enge auf dem Hochstand auch ausgesprochen, dem Gleichgewicht. Seine und meine Zweifel hatten keine Sonderleben, wir sagten sie uns ins Gesicht. Es würde keine Rechnungen geben, und somit keine Abrechnungen.

Wir besuchten die Erstaufführung des Stückes, das ich im Babelsberger Probenraum gesehen hatte. Im engen Foyer standen Hunderte in Schlangenlinie. Die meisten trugen Schwarz und bliesen Tabakrauch in die Höhe. Bald entdeckte ich Jana, und sie ließ uns ein. Von unseren Plätzen aus war die halbe Bühne durch ein Klavier verstellt. Meistens war nur einer der beiden Männer zu sehen, und nicht zu sehen war, daß sie *einen* spielten. Noch während des Beifalls traten wir auf die Straße, schauten in unsere bedienten Gesichter und vergaßen während des weiteren Abends, was wir zu Beginn gesehen hatten.

Was für eine Erinnerung an Westberlin! Welches Gehabe! Andeutungsreichtum und Bestimmungsarmut. Viersprachig. Erst Zeigelust; dann kein Mut zum Zeigen. Das einzig Wiedererkennbare war, daß es Kunst war. Das Publikum ein Kunstpublikum, die Welt Kunstwelt, die Kritik Kunstkritik, Freunde Kunstfreunde, Geschmack Kunstgeschmack. Was hatte ich dort verloren? Ich aß und roch und schiß. Ich wollte Janas Arbeit sehen. Doch sie zeigte sie nicht. Warum sagte Jana den Schauspielern nicht deren Aufgaben? Warum verstellte sie der Hälfte der Besucher die Einsicht auf die ganze Bühne? Als sie uns einließ, sah sie aus, als gefiele ihr ihr Publikum nicht. Von den Schauspielern redete sie, als möchte sie sie nicht. Was mich dort abstieß, war Janas Sichselbst-nicht-Mögen.

Das ganze Theater war für sie unbezahlbar. Regierungen bezahlten. »Gefördert« wurde, wer dieses Geld regelmäßig auszugeben verstand. Langes Nachdenken bedeutete, nicht mehr förderungswürdig zu sein. Gefördert wurde, wer so viel produzierte, daß zum Nachdenken keine Zeit blieb. Vorgeführt wurde dies dann einem Publikum (besser »Gemeinde«), welches, in Kumpanei-Stimmung, Unwesentliches bewitzelte und Wesentliches als Strecke zwischen zwei Lachern aushielt. Am Tag nach der Erstaufführung wollte Jana mit den Proben für das nächste Stück beginnen. Auf die Frage, wann sie zum Betrachten ihrer eigenen Arbeit komme, hob sie die Schultern und sprach von der Nacht dazwischen.

Nun verstand ich, warum sie sich mit den Schauspielern nicht abgab. Sie hatte keine Zeit. Gefragt war nicht, alle zwei Jahre ein gutes Stück zu machen, das wenige sahen, sondern jedes Jahr zwei Stücke, die wenige sahen.

Wie der Taxifahrer vor Monaten, fuhr der Freund an der kleinen Seitenstraße vorbei, in der die Herrschaften des untergegangenen Staates gewohnt hatten. Dort, wo Jana nun ausziehen mußte, traf sich, bevor alle ihrer Wege gingen, die Theatertruppe, um ihre Episode zu feiern.

Da saßen Sekt trinkende Sommergäste, die Tänzerinnen auf Stühlen, Jana und ihr Freund etwas höher auf einer Mauerbrüstung, den Tänzerinnen gegenüber. Jeder schien jemanden mitgebracht zu haben, so wie das Kind die Puppe im Arm. Alle lehnten sich zurück. Es wurde angespielt, geflunkert und vor allem gelächelt. Der Freund war zum ersten Mal dort. Wir lächelten nicht. Wir tranken keinen Sekt. Nur wir waren in Weiß. Alle zwei Minuten gab es Luftangriffe, die dem Flughafen Tegel galten, und in jenem Takt setzten die leichten Gespräche so lange aus, bis die Schallwelle vorüber war. Wir wollten nicht, daß die Mütter dort ihren Kindern die Beschaffenheit und den Geruch unserer Zigarette erklären müßten, und gingen mit den Wassergläsern ins Obergeschoß. In einem der Sitzungszimmer lehnte immer noch Grotewohls Bild hinter dem Vorhang. Ich zeigte es dem Freund und stellte es mit dem Gesicht zum Raum an die Wand (und fragte mich, warum). Eine Tür führte auf eine Terrasse, an der uns gefiel, daß wir allein waren. Hin und wieder tauchten unten auf dem Rasen Federball spielende Tänzerinnen auf, die, wenn sie unsere Köpfe über der Brüstung sahen, herwinkten.

Von dort oben zur Ringstraße blickend, sahen wir zwei Arbeitern zu, die ein Wachhäuschen der »Aquariumspolizei« zerlegten und die Teile auf einen Anhänger warfen. Wir tauschten Schimpfwörter, doch meinten die Arbeiter uns, während wir das Wachhäuschen, und wofür es gestanden hatte, meinten. Schließlich sagten sie, für Leute wie uns sollten die Kombüsen mit Telephonanschluß erhalten bleiben.

»Hast du das Bild da hingestellt?«

»Ja.«

»Stell es bloß wieder hin, wo es war!«

Jana zeigte einer Frau das Haus. Dieses Bild gehörte für sie nicht zum Haus. Und ich ahnte nun, warum ich es nicht zurückgestellt hatte.

Die beiden waren fort. Die Arbeiter unten waren weg. Kein Federball flog mehr. Wir schüttelten die Köpfe. In dem Sitzungszimmer sagte der Freund, die Sitzung sei eröffnet, und er sprach wieder sächsisch. Seine Rede dauerte lange. Währenddessen holte ich eine Mineralwasserflasche. Er war aufgeregt, stopfte alle Sprachpartikel der Diktatur in seinen Endlossatz. Er bastelte an einer neuen Zigarette, als die erste noch glühte. Vielleicht war eine Stunde vergangen. Ein Baß stampfte durch die dicke Tischplatte. Als der Rauch fest im Zimmer stand, huschte jene Frau mit Kind herein, derentwegen wir unten fortgegangen waren. Die beiden schwirrten einmal durch den Raum, auf die Terrasse, und zurück. Wir lachten schallend. Das Kind stimmte ein. Die Mutter zog es fort. Eine Minute später kam Jana herein, mit mehreren Fragezeichen zwischen den Augenbrauen. Da wir an der hinteren Breitseite des langen Sitzungstisches (Rücken zur Wand, Blick zur Tür) nebeneinander saßen, nahm Jana einen Stuhl uns gegenüber.

Wir waren da als Gäste hingekommen und hatten uns in keines der Sommergespräche eingefädelt. Von uns hörte man keine Zwischenbemerkung als Visitenkarte eines Mitwissens. Nicht diese Bescheidwisserblicke. Sie merkten, daß wir nicht zum engeren Kreis zählten; auf nichts ist man im engeren Kreis jedoch mehr angewiesen, als auf eine der winzigen Öffnungen zu starren, die man überhaupt zu sehen bekommt. So mühten sich manche, die Fremden zu übersehen, während andere uns etwas ansehen wollten. Beweis dafür, daß dies so seine Richtigkeit hatte, war, daß die wenigen Tänzerinnen, die uns auf der Bühne gefielen, jetzt jene waren, die aus dem engeren Kreis heraus zu uns schauten (und dann Federball spielten). Wir gingen von ihnen fort in ein Sitzungszimmer Grotewohls, und dort suchten sie uns nach und nach auf; zuletzt Jana. Und kein Wort von uns zu dem Theaterabend.

Als es dann getan war, schnellte ihr Blick von mir zu ihm zu mir zu ihm... Der Freund hatte eine Goldkette vor der behaarten Brust hängen – etwas, das man in diesen Kreisen nicht zeigte. Jana sagte, sie verstünde, wenn er das Stück nicht möge, nicht aber, daß mein Eindruck so anders sei als in Babelsberg. Ich hatte ihr Stück nicht wiedererkannt und das Publikum verachtet. Es hätte ausgesehen, als leisteten die Tänzerinnen ihre Tanzpflicht ab und als nähme das Publikum dabei den Gemeindeimbiß. »Standardisierte Mißverständnisse« war die erste Formel des Freundes, mit der er Jana die Sicherheit nahm, uns trennen zu können. Von seinem »Du-spielst-den-

Affen-für-die« an hörte sie nur noch ihm zu und vergaß mich.

Sogleich mißtraute sie ihrem eigenen Zuhören, das sie als Unterlegenheitsgeste deutete, und wollte sich dagegen verwahren, als Unterlegene zu erscheinen. Zwischen diesen Schüben stellte sie sogar Fragen, zum Beispiel, wie man vermeiden könne, den-Affen-für-die zu spielen.

»Nicht machen, was man darf, sondern was man muß«, sagte der Freund. Er fügte hinzu: »Und wenn man es gar nicht machen muß, dann sein lassen.«

Jana schaute mich an. Während ich da saß, verqualmte ich ein Stipendium.

»Es wird das letzte gewesen sein.«

Sie fühlte sich auf den Arm genommen, zur Närrin gehalten. Die Szene war unwahrscheinlich, und doch nie unernst oder unwirklich. Die Form, zwei gegen eine, war für sie zum Weglaufen. Wir waren ein Schmerz für sie. Was ihr weh tat, war unsere Ehrlichkeit. Sie konnte den Schmerz nicht töten, ohne sich selbst zu belügen. Sie mußte bleiben.

»Ich habe es satt, allen zu sagen, was sie zu tun haben. Ich will auch mal gesagt bekommen, was ich zu tun habe.«

»Das kann ich dir sagen«, sagte der Freund.

»Ja?«

»Nein, laß mal, ich will dir nicht zu nahe treten.«

»Machst du sowieso.«

Ihre Oberlippe zuckte. Sie hielt die Hand davor. Sie wechselte von einer Pobacke auf die andere. Sie schwankte zwischen dem Anspruch, Kritik zu vertragen, und der Furcht, Ehre zu verlieren.

Aber dort, in Grotewohls Sitzungszimmer, konnte jeder nur noch gewinnen. Es war die Ausnahme, daß Befreundete mehr boten als laues oder euphorisches Lob. Man schmierte sich Honig um die Bärte, um nicht die Verabredung zu stören, sich und die um einen herum gut zu finden. Viele Künstler vernichteten sich, indem sie sich dort aufhielten, wo sie so gelobt wurden, wie sie sich selber lobten. Man mußte sich fernhalten von den feigen Einsagern, die einen lobten, bis man sich nicht mehr anstrengte, oder einem so viel und gleichzeitig so wenig Geld gaben, daß man sich zwar noch anstrengen wollte, aber nicht mehr konnte. Trotzdem nannte Jana unseren Kampf um den richtigen Weg *Konkurrenzverhalten.*

Als ich noch Schriftsteller traf, sagten sie gern, sie konkurrierten nicht. Dabei hatten sie sich nur vorübergehend und verlogen auf *Gleichheit* geeinigt. Zur Konkurrenz gehörte die Lüge, nicht zu konkurrieren. Das nannten sie dann *Solidarität.* Und war doch nur die Angst, als Einzelne hervorzutreten. Hatten alle diese Angst, war ein Treffen *kollegial.*

Alles war ja auch zu mir hin gesagt. Auch ich hatte Geld bekommen, manchmal genug, um einzwei Jahre nichts verdienen zu müssen. Auch ich war abhängig von diesen Extragaben, ohne die mancher Monat sich nicht rechnete. Es war, als würde man im Halbschlaf gehalten. Man stellte einen Antrag, um nicht aufwachen zu müssen.

»Wir«, sagte ich, »wir müssen das ändern.«

Erschöpft stemmte sie sich vom Stuhl hoch, und das Fragezeichen auf ihrem Gesicht hatte sich von den Augenbrauen bis zum Kinn gedehnt.

»Mit dir muß ich nochmal reden«, sagte sie, und meinte mich. Jedoch konnte sie nicht gehen, ohne zu sagen, wir sollten weniger rauchen.

»Das Beste, was man hier machen kann, ist, die Bude, jede Ritze vollzuräuchern, damit der Ungeist vergeht. Hast du eine Vorstellung davon, was hier früher an dem Tisch abgelaufen ist?«

Er rief das bereits.

»Nein, aber der Tisch ist doch schön.«

»Was hier entschieden wurde, war sofort Praxis.«

»Schlechte Menschen haben schlechte Menschen getötet.«

Er haute auf den Tisch, daß es krachte, wurde zornesrot und lachte.

»Ja, weiter so!«

Da war sie schon durch die Tür.

Wir schauten uns mit offenen Mündern und zusammengekniffenen Augenbrauen an. Als hätten wir dasselbe geträumt. Erzählten uns alles nach. Im Türspalt steckte der haareverhangene Kopf von Janas Freund. Wir ließen uns nicht stören. Die Tür war wieder zu. Erst jetzt machten wir eine Pause und lachten über die Zugabe.

Noch immer dröhnte ein Baß in jedem Stück Holz. Unten im Saal saßen die paar, die da waren, weit verstreut und versuchten, meist zu zweit, gegen die laute Musik anzureden.

Im Auto legten wir eine Bach-Kassette auf, Harfe und Flöte. Während wir fuhren, erzählten wir uns nochmals und nochmals, was »abgelaufen« war. Anders als Filmzuschauer empfanden wir uns als die Regisseure jener Szenen.

11

In der folgenden Nacht wurde ich nicht mehr müde.

Beim Freund erzählten wir einem Dazugekommenen ein weiteres Mal den Ablauf des Abends. Da, im besten Licht, wurden wir euphorisch und übertrieben »nach Herzenslust«.

Nachts noch setzte ich mich in die Bahn und fuhr, im Waggon schlafende Betrunkene, nach Wannsee. Wieder kam ich, gleichzeitig gefüllt von neuesten Bildern und auch erschöpft und ausgeleert, dort an, doch diesmal nicht erledigt. Die Wachheit war stärker, die Erschöpfung ein Teil der Wachheit. Ich beleuchtete alle Räume des Hauses, ging hin und her, und draußen wurde es hell. Ich löschte die Innenlichter und wurde wach, ohne vorher müde gewesen zu sein. In Schlaf war nicht zu sinken. Ich hielt den müden Körper ruhig, wickelte mich im Garten in eine Decke ein und ließ dem lärmenden Kopf seine Wege; hörte ihm, mir, zu. Da schien eine Maschine zu laufen, zu rattern, Bilder und Töne, Fuzzel von Filmen, die durchliefen. Es war mir nicht möglich, eines der Bilder anzuhalten und sowas wie einen Gedanken über es zu denken. *Es* dachte, kaum noch *ich*, und schon gar nicht *ich über es*, was es auch gewesen sei. Nur das Thema war klar wie der aufgehellte Himmel. Deswegen blieb ich wach.

Es war Jana, die mir zeigte, welch verklemmte Figuren die Orte bevölkerten, wo das »kulturelle Leben« sich abspielte. Für mich war eine Tomate Kultur, für mich war Sex Kultur oder mein Fingernagel. Möglich, daß auch Kunstwerke zur Kultur zählten oder Leute, die zu den Kunstwerken hingingen. Dort »kulturelles Leben« zu entdecken war mir nicht möglich. Ich sah die Versuche, so etwas darzustellen. Die absichtslose, wirkliche Kultur endete in meinen Augen vor den Theatertüren. Dahinter zeigte eine Kultur lediglich Bilder von sich selbst, voller Absicht. Und das verkrampfte Benehmen in den Foyers kam zustande, weil die meisten ihr Selbstbild sahen und pflegten. Unaufhörlich mußte mitgedacht werden, wie man selber ausschaute, welches Bild man abgab. In diesem Erwartungsüberfluß wurden die meisten nur steif. Wer von außen hinzukam, sah nicht Vielfalt, sondern Uniform.

Jana machte gern Reflexe nach, die mir unterliefen. Sie hatte ein sicheres Auge für Gesten aus Verlegenheit. Auch wenn ich etwas behauptete und ihr Nachfragen mich zwang einzusehen, daß es nicht haltbar war, erschien sie mir nicht wie eine-von-denen aus der abgeschirmten Kunstgemeinde. In ihren Stücken erkannte ich diesen Blick auf Menschen wieder und amüsierte mich wie das übrige Publikum. In diesem Sommer aber sah ich Jana selber als jene Person, die über ihre Bühnen zappelte. Sah keinen Unterschied zwischen Jana und der Gemeinde, sondern einen zwischen mir und denen. Sie, die mich verunsichern konnte wie keine, wurde von mir angezweifelt wie von keinem.

Man machte das anders. Alle machten es anders. Auch ich war zu feige gewesen und sagte manchem mein so flaues wie faules Lob hin, obwohl ich mich gelangweilt hatte beim Lesen oder Zuschauen. Was ein einem Bekannter tat, zog man nicht in Zweifel. Eher schmückte man sich, ein Bekannter desjenigen zu sein, der etwas vorführte. Um so boshafter ließ sich darüber herziehen, was ein Fremder zeigte. Es gab ein Dutzend Gründe für Umstände, die man zwischen sich und den nicht gelungenen Kunstgenuß schieben konnte, nur um nicht nein zu sagen, nur um eine Freundschaft nicht am Entstehen zu hindern (wodurch sie vernichtet wird oder keine werden kann). So machte man das. So hielt man zusammen. Als hätte jemand einmal einen Befehl ausgegeben, und als hielten sich immer noch alle Kulturbataillone aus Jasagern und Befehlsempfängern daran. In diesem Solidarnebel schwächte einer den anderen, da niemand niemanden forderte. So schwammen die Gemeinden in einer Blase aus Schulterklopfen und Schweigen und sahen jeden gegen sich, der diese Blase anpieken wollte. Das hatten wir getan. Wir waren nicht zum Kirschenessen gekommen.

Mich ließen jene Bilder nicht los, die mir meine eigenen alten Feigheiten zeigten. Dem, den ich Freund nannte, traute ich mich nicht zu sagen, daß sein neuer Roman langweilig war. Ich war einer Auseinandersetzung nicht mächtig, zehrte von einem Bonus, halbwegs dazuzugehören, druckste herum und relativierte bereits den noch nicht ausgesprochenen Satz, bis die Zeit, darüber zu sprechen, vorüber war und andere, eintrainierte Themen aufkamen, bei denen ich mich wie unweigerlich auf der gleichen Gesinnungsseite fand wie der andere. Ich schämte mich für Momente wie diese, die mir im Garten, in die Decke gewickelt, durch mein überwaches Hirn flohen. Es war, als wären diese Bilder in einer nun einzusehenden Ecke meiner Erinnerung immer schon bereit gewesen und jetzt erst verfügbar. Ich wehrte mich nicht. Sollte sehen, womit ich nichts mehr zu tun hatte. Die Sonne schien hinter meinen geschlossenen Augen. Ich blieb da liegen, bis etwas mich zwingen würde aufzustehen. Immer wieder sah ich Jana und in ihren Augen den Verdacht, daß wir sie hereingelegt hatten. Wie sollte sie auch verstehen, was so gut wie nie vorkam? Sagte der Geldgeber nein, so konnte man sagen, es war der Geldgeber, der nein sagte, und sich damit beruhigen, daß Geldgeber andere Interessen haben. Sagte ein Feind nein, so war es ein Feind. Sagte aber ein ganz und gar nicht Fremder nein, und sagte er es so, daß man sein Urteil nicht übergehen konnte, so wuchsen daran nicht Streitlust und Verteidigungsbereitschaft; sogleich war das Selbstwertgefühl, die Zentrale attackiert, und übrig blieb der dumpfe Verdacht, daß man sich in dem Ehrlichen getäuscht hätte. Was Jana kränkte, war lediglich das Ausbleiben kumpelhafter Lügenbereitschaft. Sie hörte nicht, daß eine ihrer Arbeiten kritisiert wurde, sondern daß *sie* der Gegenstand unseres Nein war. Wie wenig es sie tröstete, als ich sagte, zerstört gehörten diese Bedingungen. Wir hatten sie nicht hereingelegt. Wir waren nur Entschiedene unter Unentschiedenen. Wir waren zu zweit. Gegnerschaft hätte man uns eher abgenommen. Er klein, body-building-breit, mit Trainingshosen und Turnschuhen verwachsen, über die er Designerjeansjacken hängte. Mit Goldkette, Golduhr und diesem Hund; ich anderthalb Köpfe größer, in Hemd und Hose, meistens weiß, und nie in Turnschuhen. Er laut; ich leise. Er der Angreifer; ich Vermittler. Er der Ungeduldige; ich der Wartende. Wer uns sah, sah die Unterschiede und überlegte, was uns verbinden könnte. Blickten sie aus ihren Überlegungen auf, war die Situation meistens vorüber, und wir gingen weiter.

Ich wickelte mich aus der Decke und wankte mit weichen Knien ins Haus. Inzwischen war der Briefträger gekommen, zweimal hatte das Telephon geläutet. Der Gärtner war da und hatte sich in den vorderen Gartenteil verzogen, als er mich oben liegen sah. Ich nahm ein Bad.

So fühlte ich mich sonst nach einer abenteuerlichen Liebesnacht, nach einer wichtigen guten Nachricht oder nach dem Zwanzigstundenflug, aus der Hauptstadt der Angestellten zurück. Unter Kontrolle hatte ich mich nur, wenn ich einfachste Tätigkeiten verrichtete. In jedem Geschäft draußen wäre ich der gewesen, der die Bestellung nicht klar sagen könnte oder das Kleingeld fallen ließe und in dem Hinundher der Floskeln nur ausgerutschte Formulierungen zustande brächte. Immer noch ratterte mein Hirn wie losgelöst von dem Körper, der in kühlem Wasser lag, wie ich im Spiegel sah. Im Spiegel entdeckte ich auch zwei Wunden, eine am Hals, eine am Oberarm. Bisse.

Ich schaltete das Radio an.

Sollte der Eindruck einer Sendepause vermieden werden, so mußte in Radio und Fernsehen, ehrlich gesagt, ununterbrochen geredet werden. Dabei wurde, wie Sie wissen, jenes spontane, keineswegs vom Nachdenken getrübte Sprechen vorgesagt, das pausenlos ablief, ohne anzuecken, wie soll ich sagen, das Lauf der Ereignisse und ihre Chronik zugleich war. Was ich da hörte, waren, Hand aufs Herz, die

Tricks, welche, das wissen Sie so gut wie ich, das Sprechen relativ kantenlos flüssig gleiten ließen, ohne daß man sich an etwas störte. Aber das Radio setzte, ehrlich gesagt und ohne übertreiben zu wollen, nur die Tricks ein, die, wie Sie wissen, längst Bausteine von Meinungen und Überzeugungen waren. Die Gesellschaft aber, wenn man das so sagen kann, erhob eigentlich den Anspruch, Gegensätze durch Meinungsaustausch zu entschärfen. Vor die Gewalt war sozusagen die Rede gestellt. Die Gewalt, auch darüber müssen wir einmal reden, war quasi in die Rede übergegangen. Aber jedes Kind weiß, daß Gegensätze sowieso nicht mehr benannt, sondern die Benennung nur vorgetäuscht wird. Da hilft kein Augenverschließen. Beispielsweise mit dem Wort »aber«. Hatte man, und das kennt nun wirklich jeder, zwei Gedanken zu verbinden, dann schob sich, auch Sie haben es schon mal gemerkt, in die Reden, die flüssig zu sein hatten, aber das tun wir gern für Sie, dauerhaft am falschen Platz das Wörtchen »aber« ein, zugegeben.

Ich schaltete das Radio aus.

Die Stadt wird eine andere werden. Die Menschen werden andere sein. Was wissen wir davon. Warum sollte jemand, der älter als fünfundzwanzig Jahre ist, etwas wissen. Der Freund, die Freundin, wie sie alle heißen, sie müssen selber an ihre Erinnerungen erinnert werden. Keinem ist es ein selbstverständlich eigenes Bild, in der Ruine gewordenen Stadt aufgewachsen zu sein, in Kratern und auf Sandbergen Verstecken gespielt zu haben. Täglich kreuzten Kriegsinvaliden unsere Wege. Die ohne Beine und mit weiten schwarzen Umhängen nannten wir Menschenfresser. Wenn wir etwas wüßten, wüßten wir doch das! Aber jeder hält sich für die Gegenwart. Und erneuert wird der alte Verdacht des Stotterers, daß am meisten zu verbergen hat, wer am jetzigsten redet. Wenn wir versuchten ehrlich zu sein, würden wir den Mund halten, weil wir von gestern sind, so wie die Alten früher von gestern waren in unseren Augen. Mit uns wird es keine Einheit geben. Wir sind Kinder der Trennung. Wir sind zu alt. Verbreiten nur heiße Luft um eine angebliche Zukunft, die uns nicht gehört, auf die wir Gas geben. Hören wir auf die Kinder! (Der Junge in der Sbahn sagte, zur Atemlosigkeit seiner Potsdamer Eltern: »Macht kaputt, was euch kaputtmacht.«) Für die wenigsten ist es ein selbstverständlich eigenes Bild, mißhandelt worden zu sein. Viele erinnern sich nicht mehr daran, sondern an eine normale Kindheit. Die Mißhandlung war das Normale. Uns ist dies und das beigebracht worden. Lernen aber, so lernten wir, täten wir erst etwas, wenn wir die liebten, die uns schlugen. Wenn die Freundin sagte, sie brauche wieder eine Tracht Prügel, spielten wir die Formulierungen durch, die es dafür gab, und ohne daß wir etwas erfinden mußten, entfaltete sich das Vokabular des Mißhandelns. Bei den Eskimos soll es über zwanzig Ausdrücke für »weiß« geben. Mindestens so viele fielen uns sofort für die körperliche Unterwerfung ein. Wir erzählten von unseren Lehrern, von Hauswarten, ihren Züchtigungsfeinheiten und Brutalitäten. Wir lachten, wie wir früher weinten. Die Geschichten klangen so skurril, als hätten sie mit durchschnittlichen Schülerleben nichts zu tun, geschweige denn mit unseren. Erinnerungen an Sadisten, die die Granatsplitter, die in ihre jungen Jahre einschlugen, nur vergessen konnten, wenn sie nachträglich zurückhauten auf genauso junge Wehrlose. Sie hauten ihren Krieg in die Körper ihrer Kinder. Fünfundzwanzig Jahre war der Krieg vorüber, und etwas in mir weigerte sich, von Frieden zu sprechen. Es war Nachkrieg. Dieses Wort nahmen die mir übel, die den Krieg noch kannten. Ihr Frieden war Nachklang des Massenmords. Seit die Mündungsrohre abkühlten, nannten sie es selber *Kalter Krieg*.

Als ich das Elternhaus verließ und bei ebenso frisch Freigelassenen oder Entwichenen saß, kam manchmal die euphorische Selbstschau auf, nun sei man frei und sofort ohne Fesseln. Da sagte ich, daß ich ebenso lange Zeit benötigte, frei zu werden, wie ich Mündel war. Eine der fünfsechs Gewißheiten des Aufwachsenden, die ihn, wenn er sie äußerte, altklug erscheinen ließen. Ich mochte das damals gar nicht ausrechnen, so wirklichkeitsfern war mir dieser vielleicht kluge Gedanke. Eher war es die Ahnung, daß der Hippiebudenzauber auch nur hübsche Übergangszeit war. Hätte ich gerechnet, wäre ich auf mein jetziges Lebensalter gekommen. Was mich nicht losließ, war weniger der vergangene Abend als der gesamte Sommer, der in diesen Abend gemündet zu sein schien. Dieser Sommer hat eine Wartezeit beendet.

Damals versuchte ich mir vorzustellen, wie ich aussehen und leben würde, nachdem ich ebenso lange selbständig war wie »nicht volljährig«. Da sah ich einen, der Zeit hatte, der langsam ging, und in niemandes Auftrag. Einen Weltvollen. Keine Aktentasche mit Beinen. Ich guckte Erwachsene aus, die so waren, wie ich sein wollte. Während ich vor wenigen Tagen in der Frühabendhelle in einem fast leeren Linienbus meine Vorstellungsbilder auf den nassen Asphalt hin phantasierte, schaute eine Frau mich an. Nun war ich der Junge, der früher das gleiche getan hatte. Ich wollte schöne Bilder. Und so sah ich den, der ich gewesen war, und die Frau sah den, der sich sah als den, der er früher war (und damals wünschte der frühere sich solchen Erwachsenen – was er sich im Frühabendbus wiederholte). Wen sah die Frau?

Und wir Mißhandelten auferlegten uns das Gebot,

selber nicht zu mißhandeln. Wir hatten keine andere Wahl. Wir waren sicher, die *besseren* Vorstellungen zu haben. Hauptsache aber, es waren *andere*, am besten, es waren *entgegengesetzte*. Die Eltern hatten den Krieg gehabt, sie waren Täter, wir sahen in uns Opfer. Ihre Feinde mußten unsere Freunde werden. Wie schafften es die Mißhandelten, selber nicht mehr zu mißhandeln? Sie nannten es nicht Verbot. Sie hatten gute Gründe. Mit etwas, das sie erlebt hatten, mußte Schluß sein. Wenn Mißhandelte sich aber selber Gewalt verboten, wurden sie lächerliche Figuren. Erste Anschauung dafür boten Mütter, die sich von ihrem Balg terrorisieren ließen und dann in aller Friedfertigkeit zusammenbrachen. Da sah jeder ganz früh einmal, daß Flucht vor Gewalt keinen Frieden schafft. Daß niemand hier so tun kann, als käme er aus einem anderen Land oder als kämen die Mißhandlungen von anderswo. Und welche Mutter wußte nicht von ihrem schlechten Gewissen zu berichten, wenn sie dem Kind nach Jahren erstmals einen unfreundlichen Klaps gab und schlagartig über den kleinen Streit hinaus die Machtfrage beantwortete. Das zeichnete uns aus: die Angst vor der eigenen Macht.

Die Freundin, die ich schlug, habe ich keinmal mißhandelt. Nun sah ich jene, denen ich Gewalt angetan hatte, die ich bereits vergessen hatte, bevor sie sich vor mir ausstreckten. Mir graute vor der Gewalt, die Dummheit dieser oder jener gut Gebauten auszunutzen. Es war normal. Mir graute davor.

In beiden Oberarmen Abdrücke ihrer Vorderzähne. Vergilbende Reste blauer Flecken. Daneben das Pochen eines noch unsichtbaren Blutergusses. Aufgeriebene Ellenbogenhaut. Schrammen und Flecken bemerkte ich hinterher. Auch ein Schmerz kam erst viel später als im Moment der Verwundung. Bis er da war, war längst eine Vorstellung mit ihm verbunden. Es gab den schrecklichen Schmerz und den schönen Schmerz. Es kam darauf an, woran man dachte.

Ich kaufte eine Zeitung und las sie, bis ich in Charlottenburg war. Dort klopfte ich gegen die Eisentür. Während die Freundin sie zuwuchtete, zog ich sie schon aus, drängte sie auf den Tisch, massierte ihren Rücken, fester ihren Po, und schaute auf ein Modell, das ich dort zum ersten Mal sah: ein ovalförmiges Haus, mit auf einer Seite sieben, auf der anderen vier Stockwerken. Zwei Rundbögen führten in den hellen Mittelhof. Auf der Bodenplatte der Nordpfeil zeigte an, wie das Haus zur Sonne zu stehen hätte.

Danach, wenn sich immer alles so leicht, ernst und auch lustig bereden ließ, sagte sie, ich hätte sie und ihr Wunschhaus überrascht. Sie hätte versucht, die Staubkörner auf dem Tisch zu zählen, sei aber nicht fertig geworden. Es war erst nachmittags, und wir hatten Bierdurst. Alles Gründe zu lachen. Sie wünschte, dieses Haus würde einmal gebaut werden. Allerdings wäre es kaum zu planen, zu zeichnen gar; nur die wenigsten Wände wären schnurgerade.

»Das kriegt kein Linealgenie aufs Papier.«

»Und du? Hast du es geplant?«

»Nein. Ich habe es *gesehen.* Von allen Seiten. Von innen und außen. Dann habe ich angefangen zu bauen, was ich *sah.* Ohne Plan. Jetzt ist es da. Und du kannst es anschauen.«

Sah sie gut aus! Wir wußten, daß wir glänzten danach. Doch sah ich ihr und mir mehr als die wiedergekehrte Körperweichheit an. Als sie eine Hand aufs Modell legte und mitten im Satz stockte, stotterte, wie früher ich, sprang ich hoch und grub meine Zähne in ihren Nacken. Gleich darauf saß ich wie vorher da und betrachtete ihre wieder locker auf dem Modell liegende Hand. Sie kam einen Schritt näher, nahm leider die Hand dort weg, und erzählte weiter.

»Am besten, man zeichnet es gar nicht. Man sucht hundert Leute, die das Haus auch *sehen,* und macht die Arbeit, mit Plänen von Tag zu Tag.«

»Willst du, daß das Haus unbaubar wird?«

»Kann sein.«

Sie war im Krankenhaus und hatte mit Manne gesprochen, der vor ihrer Eisentür mit Domestos übergossen wurde. Der Halbschlafgeübte sah fast alles mit einem Auge, nur die Waffe nicht. Die Säure wurde auf seine Decke geschüttet, über die Finger, die nun verbunden waren, doch nicht aufs Gesicht. Er beschrieb eine der zwei verheirateten Frauen, die über der Werkstatt wohnten. Die Freundin sah mich an. »Was macht man mit solchen? Ökos!« Sie zeigte durch das einzige Fenster zu einem Balkon hoch, wo lila Wäsche aufgehängt war. Nun, wenn wir uns ansahen, zwischen dem Hinundhergehen um den Tisch, war dies ein anderes, neues und doch altbekanntes Anschauen. Wir sahen uns von weit hinter den Augen heraus an; sahen nicht nur die Blicke, sondern empfingen jenen Punkt, der in ihnen glühte. So gingen wir wortlos um den Tisch mit ihrem Wunschhaus herum; blickten zwischendurch zu dem Balkon hoch. Ich sah sie auf ihrem Kinderzimmerfenstersims lehnen, ich hörte sie die Kordhosenträger aufs Korn nehmen; ohne ein Wort wurden waren wurden wir aufs neue einig.

Ich erzählte von dem Abend mit den Tänzerinnen. Es war keine Sache, für die ich mir eine Reihe von Hauptsätzen hätte merken können, welche nun bei jeder Gelegenheit abzuspulen wären. Aufs neue versuchte ich neue Wörter zu finden, auch um herauszubekommen, was daran wichtig war. Was sie dann hörte, klang lange nicht so sensationell wie was ich empfunden hatte und empfand. Ich erzählte von mir im Vergleich mit früher, nicht von mir im Vergleich mit Jana. Währenddessen zog die Freundin einen braunen Anzug an und kämmte die blonden halblangen Haare nach hinten, ohne sie im Nacken zusammenzubinden.

Fast alles, was wir Jana zum Vorwurf machten, traf einmal auf mich zu. Bereits in dem Sitzungszimmer hatte ich mir selber zugehört wie einem, den ich zwar kannte, der so aber noch nicht gesprochen hatte, und gemerkt, daß alles, was wir von uns gaben, mich verpflichtete. Jana hätte mich zurecht ausgelacht, wenn wir nur hohle Reden geschwungen hätten. Wenige Tage nach jenem Abend trafen wir uns zum Essen, und sie wollte meinen, wie sie empfand, Umschwung erklärt haben. Ich hatte das Vieraugengespräch mit ihr selber als Test verstanden, ob ich nur gemeinsam mit dem Freund so sein konnte, wie ich mich gebärdet, wie sie mich sichtlich schockiert erlebt hatte. Doch erzählte ich alles noch einmal in dem uns vertrauten Ton, ohne daß zwei gegen eine gewesen wären, und als ich ausgeredet hatte, war dasselbe Problem übriggeblieben: Wie vermeidet man es, den-Affen-für-die zu spielen? Jeder Sesselhocker, an dem Jana vorbeimußte, um ein Stück zu machen, verdiente xmal mehr als sie, die das Produkt entwarf und herstellte. Dieser Unterschied zerstörte eine Künstlerin, sobald und solange sie sich von den Sesselhockern und ihren schmalen zu vergebenden

Summen abhängig sah. Bei der ersten Subvention war Feiertag, die zweite wurde erwartet, und gab es eine dritte nicht, spielte man bereits den-Affen-fürdie, ließ man sich von den Sesselhockern in die tiefste Depression stürzen. Aber es störte Jana nicht nur, so deutlich, daß es im schläfrigen Alltag als Schreck ankam, gesagt zu bekommen, was sie lassen, was sie tun sollte. Sie war empört, im Sitzungszimmer etwas länger als am Restauranttisch, und schien dieser Gegenüberstellung dann doch etwas abzugewinnen. Und als ich sie fragte, ob sie keine Lust mehr hätte, anderen zu sagen, was sie zu tun hätten, da sagte sie ja und schaute zu Boden.

Jungverliebt und urvertraut. Wir gingen durch den Hof und schauten zu der lila Wäsche hoch. Draußen auf der Straße sagte ich, ich könne es nicht fassen, denn ich konnte es gerade nicht fassen, sie sagte, ich solle es lassen, einfach lassen. Was hatte es zu bedeuten, daß ich einen Lebensbogen veranschaulicht bekam, wenn ich die Freundin betrachtete? Manchmal für Sekunden konnte ich nicht fassen, daß wir einunddieselben waren. Sie hätte auch etwas anderes verstehen können, ich hatte nicht gesagt, wovon ich redete, aber sie wußte, daß ich nicht die lila Wäsche meinte, sondern mich und sie. Von da an durchströmte mich wieder das alte junge Gefühl, das ich die Schwebe nenne und das vor allem aus dem Spüren jenes Stromes besteht, der leitet und leitet. Wir gingen durch ihr Quartier und durch meines wie Fremde. Ein jeder war an seinem Aufenthaltsort unauffällig geblieben und nicht in das kontrollselige Geschäft mit den Persönlichkeitszipfeln verwickelt. Wie ich liebte sie an der Großstadt, daß man anonym sein konnte, wenn man wollte. In Charlottenburg, durch das wir schlenderten, schienen alle Nachbarschaftsanstrengungen jedoch zum Ziel zu haben, daß Viertel um Viertel wieder zum Dorf würde. Dies, während an den Rändern Schlangen osteuropäischer Reisebusse parkten und vollgeladen wurden; während in den einschlägigen, früher Szene-Cafés genannten Eckkneipenersatzstellen längst nicht mehr nachmittags frühstückende Westberliner, sondern den leichten Imbiß einnehmende Westdeutsche saßen, die um diese Uhrzeit die meisten Tagesgeschäfte hinter sich hatten; während diese Baustelle Stadt keine Sekunde Ruhe mehr gab und längst alle lauter redeten als zuzeiten des seligen dahingegangenen Bad Westberlin. Als die Bewohner zum Interieur einer Stadtvorstellung geworden waren, sahen sie sich als Platzhirsche, die jene, die die Stadtvorstellungen und das Geld dafür hatten, zum Interieur ihrer Dorfvorstellungen machen wollten. Klar, wer gewinnen würde.

Wir gingen weiter, gerade hindurch. Nun, als wir uns anschauten, war ohne ein Wort klar, daß wir nicht an uns, sondern an die Frau dachten, die über der Werkstatt wohnte und diesen Anschlag verübt hatte.

»Die Männer haben Hundertwattbirnen eingeschraubt. Das Licht war Tag und Nacht an. Manne hat die Birne im Flur kaputtgehauen, weil er schlafen wollte. Dafür gab es Domestos.«

»Da wohnen doch nur Linke.«

»Du sagst es.«

Der folgende Blick, an einer roten Ampel, wir hatten Zeit, war wieder am Rand des Faßbaren. Darin sah ich uns die Frau sehen, über die wir redeten, und gleichzeitig sie und mich; ich sah einen Zeiten überspringenden und verwischenden Blick – anders konnten wir nicht mehr –, den Blick der Einundderselben.

Jungverliebte sagten einander im Vertrauen, ihnen sei, als kennten sie sich lange Zeit. Wir kannten uns wirklich lange Zeit und sagten solche Sachen nicht. Ebendas war es, was ich manchmal nicht in einem sehen konnte, so wie ich die Bombenkrater der Kindheit nicht sogleich sah, wenn ich im hundert Jahre alten Charlottenburger Haus war. Eine Lehre dieses Sommers war aber, Bilder verschiedener Zeiten in einem zu sehen. Es hielten mich Unterschiede nicht mehr davon ab; es führten mich Gemeinsamkeiten verschiedener Bilder zu diesem Anschauen. *Ich*, aus den Bombenkratern gestiegen, war ebenso der Stotterer wie der jointrauchende Langhaarige;

wie der, der dauernd von sich sagte, er arbeite; oder ebenso der Freund der Freundin. Seit ich, in die Decke gewickelt, im Garten gelegen hatte, sah ich all jene nicht mehr in ihren Zeiten, sondern in *einer* Zeit. Und daß der Stotterer in der Siedlung der Freund der Freundin war. Und in dem eine Erzählung mit dem Titel »Der weiße Wannsee« Schreibenden erblickte ich das Kind, dem eines Morgens aufging, daß jeder jeden kannte und sich die Falschen grüßten.

Als wir da gingen, hätte ich dies noch nicht sagen können. Ich wußte nicht, wie das hieß, was hinzugekommen war, und erzählte ich davon, dann tastend, mit wechselnden Wörtern und mithörend, ob sie das benannten, was ich bis dahin nicht auszusprechen wußte.

Wir hatten nur noch wenige Stufen hochzugehen. Im Haus schrie ein Kind. Es war nicht zu hören, in welcher Gemütsregung. Die nackte Angst war es nicht. Es hätte ein Spiel sein können. Erst als ein anderer Schrei, dann eine Pause und dann ein langes, gequältes Weinen zu hören waren, löste sich das Rätsel. Die Mutter hatte dem Kind mehrere leichte Schläge verpaßt, die das Kind spielerisch und quietschend annehmen konnte. Aber die Mutter wollte kein Spiel. So landete sie einen Schlag, der nicht abgemacht war, und das Kind weinte darüber, daß die Mutter nicht spielen wollte. Es weinte nicht über die

Schläge, sondern über den einen Schlag, der sie beendete.

Als wir später die Treppen hinuntergingen, sah sie traurig aus. Sonst waren wir die Glücklichen danach, die Federleichten. Waren wir zu grob gewesen? Ich hielt sie und versuchte uns geradeaus zu lenken. Meine Kniekehlen waren wie aufgeweicht, Schritt für Schritt mußte ich mir vornehmen, sie durchzudrücken. Es hätte mich nicht gewundert, wenn jemand gefragt hätte, ob wir Hilfe brauchten. Sie verwischte die Tränen auf den Wangen. Sie ließ sich von mir führen. Wir wankten zum Lietzensee und ließen uns am Ufer nieder. Ihr war, sagte sie, als würde sie alles verlieren, als lösten die Beziehungen sich auf. So sei es ihr früher ergangen, wenn sie in der dunkelsten Ecke ihres Zimmers hockte und weinte, nachdem der Vater die Tür zugeknallt hatte.

»So wahr ich hier mit dir liege, hocke ich jetzt da in der Ecke. Es ist dasselbe. Und auch nicht. Denn es ist keine Tür zugefallen.«

Wir hielten uns fest und schlossen die Augen. Mein Kopf war in Bewegung wie am Morgen.

Die Eltern waren die Besiegten. Wir waren die Geschlagenen. Man sah es uns nicht an. Man sah es uns vor zwanzig Jahren an. Nur war da niemand, der danach geschaut hätte. Damals sahen alle so aus. Wir wurden im Elternhaus verprügelt oder im Gefängnis, und abgeschoben. Die Stadthäuser waren voller Einschußlöcher. Die Krieger fraßen sich die Schuld weg und wurden daran fett. Nun wurde man zwei Jahrzehnte nicht mehr geschlagen, doch waren die Schläge nicht aus einem raus. Der Kindheitsnachkrieg war nicht aus dem Erwachsenenfrieden raus. Wer hatte den Gegensatz Liebe oder Krieg in die Welt gesetzt? Mach Liebe, hieß es auf englisch, nicht Krieg. So war es leicht zu vergessen, daß wir die Nachkriegsgeborenen waren. Wir waren für ein weiches Leben. Für all die Dinge, die heute die Werbung für Waschmittel ausmachen. Eines Tages aber begegnete jeder dem Kriegerabkömmling in sich. Waren viele Väter hart in der Härte, so wurden viele Söhne hart darin, weich zu sein. Es war verlogen, Liebe in Gegensatz zu Krieg zu setzen, wenn man selber aus Trümmerfeldern gestiegen war, den Krieg in sich weggekappt hatte und diesen Friedenswunsch ausmährte, bis man selber daran glaubte, Friedenskind zu sein. Aber wir waren Kinder des Krieges, und die Nachkommen der Mörder.

Ich versuchte davon zu sprechen. Wir waren zu müde zum Nachdenken. Die halbe Welt hinterfragt, aber nicht den eigenen Ort. Wer wollte nicht gut, besser, am besten? Ins falsche Leben getrudelt, falsche Bilder gemacht, die zu falschen Gedanken führten. Folglich log man sich die Hucke voll. Wollte eine

Liebe und zerstörte sie vom ersten Moment an, indem man den Übertreibungen der Verliebten verfiel und sich Sachen sagte, die jeder Wirklichkeit entbehrten. War das Schönfärben beendet, zerrieb man sich an den aufscheinenden Ecken und Kanten des »Partners«, der nun alle Chancen hatte, so tief zu fallen, wie er eben noch erhoben wurde. So viele, die sich schwärmend begegneten und metzelnd trennten. Am Ende hielt man einander die Lügen vor, die man am Anfang hatte hören wollen.

»Die Harmonie geht an der Harmonie zugrunde«, sagte sie.

Kannten wir uns seit einem halben Jahr, seit der Party, oder kannten wir uns seit fünfundzwanzig Jahren, seit der Zeit in der Siedlung, oder kannten wir uns länger? Kannten wir uns aus diesem Sommer, oder kannten wir uns erst seit der Zusammenkunft dieses Sommers mit früher? Wir waren alt genug, mehrere Zeiten in uns zu haben, und alt genug, dies zu wissen.

12

Mitte September war die erste Trockenzeit. Über Babelsberg ging das Tageslicht aus, und im Garten waren Geräusche. Ich lauerte hinter einem Fenstergitter, starrte auf den Schein der Gartenleuchte, sah nichts und hörte in der Nähe ein Schaben. Da der Augenschein nichts zeigte, huschte ich immer schneller von Fenster zu Fenster und hörte überall das Geräusch wieder und sah nichts. Mein Gefühl, einfach dazusein, schlug um in den Willen, dafür zu kämpfen. Beim nächsten Geräusch wollte ich das gesamte Grundstück mit den auf dem Dach angebrachten Hauptstrahlern ausleuchten. Die Hand am Schalter, wartete ich. Als es über, vor und neben mir wieder raschelte, sah ich, daß es ein einzelnes Blatt war. Draußen ging ein leiser, allerdings kühlerer Wind als sonst. Die zaghaften Windstriche lösten die trockenen Blattstiele von den Bäumen. Streifte eines im Segelflug ein anderes, so entstand dieses Schaben. Ich wischte Schweiß von der Stirn.

Der Häftling machte damals lange Spaziergänge und merkte mehr und mehr, daß er etwas vermißte. Er wußte nicht was, nur daß er etwas vermissen würde, wenn ihm nichts mehr fehlte. Niemand redete ihm rein. Er schaute die Bäume an, als könnte von dort Antwort kommen. Er versuchte, so still wie möglich zu sein. Stiller als er selbst. Anfangs waren es Sonntage im Grunewald, später anonyme Gänge durch volle fremde Straßen; zuletzt ein Nachmittag zwischen dem Brandenburger Tor und Marzahn. Dabei trauerte er um etwas, das er nicht kannte, oder zu gut. Im Grunewald das Gefühl einer Abgeschiedenheit, später in den Straßen das einer Verlorenheit, nun die Erinnerungen daran in *einem* Bild. In der Siedlung betete er von jetzt auf sofort eine Bestimmte an, wußte aber keinen Weg zu ihr hin und schlich abends unter ihren Fenstern umher. Wenn sie nicht zu sehen war, es dunkel wurde und die Laternen angingen, war er der traurigste Mensch in den Trakten. Er tat nicht Dinge, die man tat, um mit ihr ins Gespräch zu kommen, sondern Dinge, die man tat, um nicht mit ihr zusammenzukommen. Wenn er solch eine Szene hergestellt und danach das Trauergefühl hatte, war er zufrieden darin. Er verdunkelte nachmittags das Kinderzimmer, zündete Kerzen an und las in deren Schein. Die Stunde der Melancholie begann, wenn das Tageslicht nachließ. War sie vorüber, saß der Häftling auf dem Fensterbrett und hörte die neue Nummer Eins an, die härter war, King Crimson, 21st Century Schizoid Man. Die neue Wohnung in der Siedlung war halb so groß wie die alte und doppelt so teuer. Sie nannten es »Wohlstand für alle«.

Wir konnten umziehen, weil der Vater in der richtigen Partei war. Er hatte vieles vergessen, doch daß man in der richtigen Partei sein mußte, das hatte er behalten. Weg der Hof, der Kleinhändler, die Straßenecke, der Freund, der an der Teppichklopfstange, die weg war, wartete und pfiff. Bald gefiel es dem Häftling, daß dort nichts weiter war als Gehwegkanten und Fensterluken. Er mochte es, wenn er sich verlassen und verloren fühlte und es ihm gefiel, verloren zu sein. Wurde Kindern von dort die Wahl unter fünf Dingen geboten, so wollten sie das sechste. Nach zwanzig Uhr saß er an einem kleinen Schreibtisch vor einer Lampe. Er stellte sich vor, später so dazusitzen, ohne zur Arbeitsstelle fahren und danach Freizeit machen zu müssen. Er schrieb die Hitparade mit.

Ich ging los, wenn ich nichts anderes konnte als losgehen, nahm Bahnen oder Busse, die ich nicht kannte, und landete in fremden Bezirken. Ich schaute mich um, aber ich sah nichts. Mir war alles recht, was ich nicht sehen mußte. Und am liebsten wäre mir gewesen, selber unsichtbar zu sein.

So ein Tag war dieser. Am Morgen lag ich mir selbst im Weg. Ein Rotwein zuviel und abgebrochener Schlaf schickten mich los. Vor einem Frühstück verließ ich das Haus Richtung Potsdam. Was ich dort wollte, war, nichts zu wollen, ziellos einer von vielen, niemand zu sein. Eine Art zu warten. Gewartet hat der, der dies schreibt. Einige Tage saß er bloß da, Bilder zogen vorüber, ließen sich aber nicht ineinanderblenden zur Erhellung verschiedener Zeiten in einer. Nochmals saß hier der Häftling, nicht der, der über den Häftling schrieb. Vor kurzem räumte er einen kleineren Schreibtisch in einem kleineren Zimmer frei. Dort schrieb ich kaum einen Satz. Aber ich saß wieder in einem kleinen Zimmer... Mehrmals habe ich versucht, die Siedlung und das Leben darin zu beschreiben. Jedesmal war es wichtiger, dies zu tun, als etwas »herauszubekommen«. Da »kam« nichts, außer der Erinnerung an eine alte Geschichte, was dazu half, daß sie wieder einmal erinnert werden könnte, um nochmals... Manchmal zog es mich zu dieser oder einer anderen Siedlung zurück. Auch die Nähe eines Flughafens, fast jeder Bahnhof steigerte das Gefühl des unbestimmten Verlorenseins. Wie Leben in solchen Siedlungen war, erfuhr man nicht aus Romanen, sondern aus einer Illustriertenreportage über Heroinabhängige.

In Postdam improvisierten die Einheimischen, und Touristen knipsten dies. Einmal bin ich wehmütig für Wochen in Venedig gewesen, wehmütig über etwas, das ich nicht kannte und das nicht nachließ, empfindbar zu sein. Dort wurde ich Schriftsteller. Ich war nähergekommen, und es wäre eine Sünde gewesen, nicht weiterzuforschen. Während ich fremde Gebiete durchstromerte, die mir so gleichgültig waren wie Venedig oder Potsdam, fielen Entscheidungen. Wenn ich eine uralte Empfindung vergegenwärtigte, wußte ich, was ich wollte, was gut für mich war. Potsdam verlassen. Seit ich da umherging, ging es mich nichts an. Ich suchte den Weg zur Insel. Vielleicht wollte ich in Potsdam nur eine Zigarette rauchen.

Vielleicht wollte ich in New York nur aus einem Wolkenkratzer hinaus zu einem anderen hochschauen. Vielleicht wollte ich in San Francisco kein Reisender mehr sein und blieb deshalb dort. Vielleicht wollte ich in Daressalaam nur den Kampf mit der Telephonzentrale in der Samora Road aufnehmen, von wo ich mit Fluggesellschaften redete, bis ich das »Menu« über Nairobi und Colombo nach Tokio zusammenhatte. Vielleicht wollte ich in Japan kein Wort mehr verstehen oder lesen können. Jetzt erschien mir das Reisen wie ein über Jahre hingezogener Versuch, abzuschalten. Überall unterwegs, wurde ich zu dem, der ich war.

In der Bahn nach Berlin sah ich den Schüler morgens nicht zur Schule, sondern zum Sbahnhof gehen. Dann ließ er sich bis Schulschluß durch die südlichen Bezirke fahren. Wo er ausstieg, suchte er einen Bäkker, manchmal einen Friedhof. Einmal holte ich eines bestimmten Friedhofes wegen einen Berechtigungsschein für einen Besuch in der Hauptstadt der DDR. Da, wo keine Menschen waren, sang der Schüler die Lieder aus den Top Twenty vor sich hin. Er fühlte sich in Wehmut wohl und landete lange noch in ähnlichen Szenen. Mir war, als sei da irgendwo die Mitte, wenn es eine gab. Die Mitte des Schmerzes.

Es war einer der Tage, an denen man etwas hinterherläuft, das vor einem flieht, weil man ihm nachgeht. Tage, an denen man verletzlich ist, als wollte man verletzt werden. Tage, an denen man an dieser oder einer anderen Station aussteigen, diesen oder jenen Fußweg nehmen kann, an denen man ein Restaurant entdeckt, weil man manchmal einfach stehenbleibt. Ich erkenne diese Gestalten sofort. Sie gehen wie ohne Bodenhaftung, toll und patschig. Ihre Lauerblicke wandern umher, wollen aufgeschnappt und festgehalten werden und sind selber zu schwach, etwas zu fixieren. Blicke, die nichts bewegen, nur andere bewegen wollen. Erst aus Schüchternheit, dann aus Zurückhaltung, schließlich aus Dummheit. Am Morgen hatte ich alle Vorgaben, einen Tag dieser Art zu erleben, Wiederbegegnungen mit dem Verlassenen und Verlorenen und dessen Frage ausgesetzt zu sein, was er vermißte. Nun wurden Füße und Hände wohlig warm. Die Bahn rollte ins Zentrum. Ich war weder verlassen noch verloren, und stieg aus.

Im Unterschied zu früher war ich nicht traurig und wünschte auch nicht, es zu werden. Ich wußte nicht warum. Es gab keinen Grund. Mir war, als zöge ich zum letzten Mal kopflos durch Straßen und über Plätze. Ich ging weiter, ziellos, wie ich dachte, doch kannte ich mein Ziel nur noch nicht. Ich ging, und die Füße machten das ohne mich. Jetzt sah ich, wohin sie mich trugen. Oberhalb des Schnellstraßenhügels erkannte ich die Luken der vierten Stockwerke. Die Fenster waren verriegelt, es war zu heiß. Oben angekommen, sah ich, daß da Menschen waren in der Siedlung, auf den Straßen gar; sie gingen nicht mehr wie von einer Schnur gezogen ihrer Wege. Was war geschehen? Hunderte bevölkerten eine seit Jahrzehnten verwaiste und funktionslose Fläche und waren sich in etwas einig. Flugblätter wurden verteilt. Die viergeschossigen Häuser sollten um zwei Etagen aufgestockt werden. Man war gegen die Wohnungsnot, wie ein Redner durch ein Megaphon schrie, doch dagegen, daß das Problem dort gelöst wurde. Nie strömten dort Menschen zusammen, immer gingen sie voneinander weg. Ich sah den Häftling im späteren jungen Mann, der in der Morgenbetäubung losging und durch fremde Straßen zog, wie heute, sich in den Scheiben der Geschäfte nicht wiedererkannte und etwas Verlorenes, manchmal schwach Erkennbares zu denken versuchte, das sich ihm entzog, wenn er es versuchte. Das Gefühl einer Eierschale, die nicht zerbrochen werden will.

Die Eltern packten Reisetaschen, um für einige Tage in den Spreewald zu fahren, an die Orte ihrer zweiten Jugend, nach dem Krieg. Sie hatten keine Zeit für mich, und ich wollte ihnen keine stehlen. Ich setzte mich ins Wohnzimmer, aß Obst, blätterte in Magazinen. Sie schwirrten um mich herum, riefen sich zu, was sie nicht vergessen sollten.

Ich war neulich erst bei ihnen gewesen, ging mit dem Vater durch den Wald, wie früher, die Mutter kochte währenddessen, wie früher. Er war locker, wie ich ihn nicht kannte. Es gebe wichtigere Dinge als dies und das, was man anfassen und kaufen könne, sagte er. Auch damals war er nicht nur der Schläger, sondern auch der Liebende, der Großherzige. Er bestand aus dem einen und dem anderen und wenig dazwischen. Der eine lockte, der andere verstieß. Jener liebte, dieser schlug mich, und beide waren eine Person. Wenn wir auf die dreivier wichtigen Daten meines Lebens zu sprechen kamen, konnte er sich nicht an sie erinnern. Freilich war es mir nicht möglich, mit dem gebotenen Abstand zu erzählen, es gab keinen Ton dafür, noch nicht, wann wohl, und ich ließ es sein. Die Operation fand auf den Tag neunundvierzig Jahre nach seiner Kriegsverwundung statt, und er nannte das kommende sein drittes Leben. Erst im Wald sprachen wir vom Leben, nie hatte er versucht zu sagen, was es war, er wußte es selber nicht. Im ersten war es, andere zu erschießen und selber nicht getroffen zu werden, im zweiten wollte man nicht ans erste erinnert werden, und im dritten Leben erst sah er das ganze. Ein viertes würde es nicht geben.

War er operiert? War er weich geworden? Er schien zu lächeln über jene, die so weit noch nicht kamen. Ich war kurz davor, über etwas Verlorenes und Vermißtes zu klagen, ich war so kurz davor wie den ganzen zerstreuten Tag lang nicht.

Auch die Eltern waren gegen das Aufstocken der Häuser. Ihres würde als eines der ersten drankommen. Was sie daran störte, waren »Staub und Dreck« der Bauarbeiten. Dieses Thema erregte sie jedoch längst nicht so wie das Einpacken der Reiseutensilien. Er hatte die Kunst zu ignorieren, die Kunst der Aggression ohne ein lautes Wort gelehrt, dachte ich und fragte mich, was es nützte, dies zu denken. Er erpreßte Zuneigung und löste Probleme mit der schallenden Hand. Ja. Und?

Ich blätterte in einem Photoalbum der Familie. Ich wollte wissen, wie wir aussahen, und entdeckte, in welche Positionen wir uns rückten. Wenn der Vater die Mutter photographierte, setzte sie sich neben eine Stehlampe, hielt ein Buch und blickte, als schaute sie aus dem Buch auf, ins Objektiv. Die Mutter photographierte den Vater am Schreibtisch, daneben die Schreibtischlampe. Er schaute auf Papiere, nicht zur Kamera. Die Tischlampen wurden vom Fernseher vertrieben. Was vorher Abend hieß (mehrere Lichtstellen in mehreren Zimmern), das hieß nun Fernsehen (ein Licht in einem Zimmer). Der Vater fertigte einen Holzlattenwinkel an, in den er eine Neonröhre hängte, und brachte die indirekte Lichtquelle über den Fenstern, hinter dem Fernseher an. Oft bestrich er Schuhe und Sohlen mit Leim, spannte den Schuh über den Dreifuß, legte die Sohle an, hämmerte beide Teile zusammen und schnitt den Rand ab. Die Lampenbilder meiner Erinnerung existierten auf Photos und waren in der Wirklichkeit die Ausnahme. Viel deutlicher sah ich die Mutter nähen und den Vater schustern. Jedoch gab es davon keine Photos. Ich klappte das Album der Verstellung zu.

Früher wurde ich gefragt, was ich essen wolle, was ich zu diesem oder jenem Politiker sage. Oft waren die Fragen mir lästig, jedenfalls tat ich so. Nun nahm ich jede Erwähnung meiner Person fast dankbar an, auch wenn es nur hieß, ich solle ein Stück rücken. Aus allen Zimmern trugen sie Dinge zusammen, die Türen standen offen, auch die zum Schlafzimmer. Mir fiel ein, daß ich öfter im Keller gewesen war als in diesem Zimmer. Vielleicht blieb ich gern sitzen und schaute ihnen zu, weil ich sie so selten in Bewegung sah. Nichts war leichter zu verstehen, als daß ich in ihren Gedanken nicht vorkam. Es war nie so leicht zu verstehen wie in diesen Minuten, und deshalb blieb ich da, ungefähr bis ich diesen Gedanken hatte. Ich erhob mich und wünschte ihnen eine gute Reise.

Unten aus dem Haus trat der Häftling, ein Lied von Neil Young, Old Man, auf den Lippen. Er schaute zum Kinderzimmerfenster der Freundin hinüber und ging, das Lied singend, an den nicht mehr protestierenden, sich nun über Sonderangebote unterhaltenden Anwohnern vorbei, weiter zu Fuß, Lieder erinnernd, die es damals nur zur Nummer drei brachten.

Irgendwann kamen auch diese Tageszerstreuten zur Besinnung, oft aus Erschöpfung. Zudem bei Schlafmangel. Die Siedlung focht mich nicht an. Im Vergleich zu neueren war sie klein und überschaubar. Dem Häftling erschien sie größer, wie unbezwingbar, als er gewahr wurde, daß man *in die Stadt* mußte, um etwas vom Stadtleben zu sehen. Aber *aus der Stadt,* wo das Leben war, waren sie gerade gekommen.

Unter den Autobahnbrücken drehte ich mich um. Die Erdgeschosse waren schon nicht mehr zu sehen. Da, eingelassen, sollte die Siedlung bleiben. Zehn Schritte bergab, und sie war fort. Sogleich wurde mir klar im Kopf, ich ging langsamer, verweilte am Ufer, saß auf einer Bank neben alten Menschen, als sei das Bedürfnis zu gehen übergegangen in das, zu bleiben.

Da saßen zwei Frauen. Sie musterten mich und sinnierten, was für einer ich sei. Die ältere, um die neunzig, hatte struppig abstehendes Haar, als ließe sie sich nicht kämmen, runde helle Augen, weit offen. Noch beim vierten und fünften Hinschauen sah ich eine Neunjährige, dann die Neun- und die Neunzigjährige in einem Bild. Schließlich sah ich die alte Frau so alt, wie sie war. Und wenn ich wollte, waren da wieder das Mädchen und die Greisin in einer.

Ich ging weiter auf Straßen, durch die ich sonst nicht kam. Die Wege führten nach Charlottenburg. Ich trottete an meiner Haustür und an der Werkstatt der Freundin vorbei. Ich wollte keinen Menschen sehen, der nicht anonym für mich war. Ich mußte irgend etwas austragen, abgehen, und ging, immer weiter. Bald sah ich unterwegs, wenn Parks die Wege säumten, den Reisenden wieder, der ich neulich noch war. Es schien lang her, und lang her auch, daß ich daran noch dachte. Zum Schluß des Reisens kam ich mit dem Nachdenken übers Reisen nicht mehr nach, manchmal wechselte ich die Orte schneller als die Hemden. Die Schrittfolge wurde langsamer. Ich sah Bilder. Mir war, als sei ich den ganzen Tag rumgerannt, um eine Stunde der Erinnerung zu haben, die sich soeben ankündigte.

Es begann übersichtlich. Zwei Monate Caracas, zwei Monate San Francisco, ein Monat im kanadischen Landhaus, Autofahrten zu anderen Städten. Als ich Caracas verließ, war die Reise beendet. Ich »machte« nun nur noch Tausende von Kilometern, wie man New York »gemacht« hatte, wenn man dort gewesen war. Als ich Caracas verließ, begann die Reise. Es war dann fast egal, wo ich war. Überall das Angebot für den einzeln reisenden Mann. Überall fragte jemand, ob ich eine Frau oder Drogen kaufen oder Geld tauschen wollte. Überall Gemüse und Fleisch, Bedienungen und weibliche Gäste. An jedem Ort war es leicht, eine falsche Bewegung zu machen, aber inzwischen auch schwieriger, weil der Bewegungsablauf international war. Zu beachten blieben regionale Eigenarten. Sie wurden einem früh gesagt. Aber Reisen wäre gewesen, den Roraima zu besteigen, durch das Selous Game Reserve ohne Führer zu gehen, oder kein Geld zu haben und weiterzumachen. Ich reiste gar nicht. Ich wechselte die Orte wie jemand, der fünf Gespräche in vier Kontinenten zu führen hat und es tut. Man sprach englisch oder französisch und trank Bier oder Wein oder Kaffee oder Tee. In Daressalaam, Tansania, lebte ein Freund. Oder, überlegte ich, sollte ich das Angebot von Coco annehmen, in sein Trapiche zu ziehen, die Ruine einer Zuckerrohrpresse, die er besetzt hatte. Dort zu bleiben hätte geheißen, ganz und gar in Cocos Welt einzutauchen. Coco ohne Philosophie gab es nicht. Er hatte die Welt zweigeteilt in Primitive und Außerirdische. Primitiv war er, außerirdisch war ein Stadtbewohner. Primitiv war ein Trapiche, außerirdisch ein Supermarkt. Das Trapiche lag zwischen zwei Autobahnkreuzen, unterhalb des Avila. Auf seinen Bildern, mit denen der größte Teil dort vollgestellt war, konnte man die Kämpfe zwischen göttlichen Primitiven und fehlgeleiteten Außerirdischen sehen. Ging man zu Coco, so kam man in Cocos Welt. Alles in seiner Nähe war seine Welt, und gab es einen Flecken, den er noch nicht benannt hatte, dann erfand er eine Geschichte für ihn, die ihn in sein Reich einpaßte. Vielleicht wäre ich bei Coco zum Weltreisenden geworden. Ich aber beschloß, nur weiter um den Erdball zu fliegen, und entschied mich für Tansania. Vorher mußte ich ihm versprechen, daß er eines Tages seine Bilder in einer Berliner Galerie aufgehängt sehen könne. Wir hatten öfter davon geträumt, und es fiel uns auch diesmal nicht schwer. Unbedingt sollte ich einige seiner über die Ränder von Caracas verstreuten Kinder sehen, die er mir noch nicht vorgestellt hätte. Klar, daß alles dem Aufschub der Abreise dienen sollte, und klar, daß ich mitmachte. Jeder konnte sagen, er würde gehen. Danach würden die anderen etwas sagen. Und solange würde er bleiben. Ähnlich ging es in Cocos Kopf vor, in allen Dingen; wenn man etwas wollte, wollte man es nur; und dann begann das Reden, das Pläne-Ändern, das Etwas-anderes-machen-Müssen; manches Mal, bis einer seinen Plan zu gehen vergessen hatte. Unter dem Mangobaum in unserem Garten wäre ich geblieben, ins Trapiche wollte ich nicht. Wo angeblich seine Kinder wohnten, trafen wir Dutzende, und Mutter aller dieser Elternlosen war Rosita, die uns begrüßte und uns ihren Mann vorstellte. Sie öffnete eine Tür, und wir blickten in eine fünf Quadratmeter große Speisekammer. Darin stand ein alter Herr auf und grüßte uns in aller Form, mit Handschlag und gelinder Verbeugung. Rosita sperrte die Tür wieder zu. Mehrere Mädchen kochten Tee für uns, es waren Rositas Kinder. Die anderen, darunter Cocos Sohn Chico, hatte sie wie adoptiert, was hieß, sie blieben bei ihr. Jeder hatte dort ein Zimmer. Der Zusammenhang war, daß Coco seit einiger Zeit scharf auf Rosita war und mit deutschem Besuch glänzen wollte. Den Tee servierte eine Sechsjährige in schönster Form. Es war sofort zu sehen, daß dies ihr Werk war. Ich konnte mich nicht satt sehen daran, daß ein Mensch eine gewöhnliche Tätigkeit mit Liebe tat. Auf dem Rückweg fuhr er uns zu einer Stelle oberhalb von Caracas, wo die Lichter der Stadt übergingen in die Lichter des Avila und gekrönt wurden von dem erleuchteten Restaurant auf der Spitze des Berges. Aber die glimmenden Punkte reichten weiter, zogen sich über den Sternenhimmel bis auf die andere Seite, hinter uns, wo die Lichterkette einen anderen Berg hinunterführte in die grelle Stadt unter uns. Ein All-Gefühl! Immer, wenn eine Entscheidung verzögert wurde durch Unternehmungen wie diese, geschahen seltsame Dinge, und der, der sich verabschieden wollte, wurde beinah zum Bleiben umgestimmt.

»Morgen fliegt kein Flugzeug«, sagte Coco, als er hörte, ich würde am kommenden Tag abfliegen.

»Du hast recht«, sagte ich am nächsten Tag, »heute fliegt kein Flugzeug. Und zwar, weil ich nicht drinsitzen werde.«

»Amigo!«, rief er, und er, der Koch, schaute in den Topf.

»Wen hast du eben amigo genannt?«

»Den, der heute abend aus diesem Topf essen wird.«

In Nebenstraßen parkende Mannschaftswagen und Motorradpolizisten, die eine Straße sperrten, waren untrügliche Anzeichen, daß in der Nähe eine Demonstration stattfand. Einen Teil des Verkehrs leiteten sie auf die Autobahn. Die aber, ich schaute von einer Brücke hinab, sah in ganzer Länge, Breite und in beiden Richtungen nur mehr wie eine Standspur aus. Unten war es die Fülle, aufgrund derer sich nichts bewegte. Hier oben war es die Leere. Dann wälzten Demonstrierende sich um eine Häuserecke und trotteten auf mich zu. Ich ging ihnen entgegen. Vor ein paar Tagen wurde ein Schwarzer in einer Sbahn erstochen aufgefunden. In dem seitdem stattfindenden Stadtgespräch redeten die einen, als wäre es nicht geschehen, und die anderen, als geschähe so etwas jeden Tag. Auf dem Transparent der ersten Reihe las ich »Ausländer, laßt uns mit diesen Deutschen nicht allein«. Wer war »uns«. Es waren Deutsche. Es müssen die besseren Deutschen gewesen sein.

Naturgemäß führte der erste Daressalaam-Abend in einen Country Club für Weiße, wo die sich trafen, die noch nicht dort heimisch waren, aber auch nicht mehr hingehörten, wo sie herkamen. Kein zugezogener Europäer dort, der nicht auf die Schwarzen schimpfte, die den Betrieb zu stören schienen. Dereks Tochter gingen Afrikaner auf die Nerven, ihre Freunde waren Inder und Araber. Sie sagte, daß Afrikaner Frauen verachten und Afrikanerinnen denken, sie müßten den, der sie schlägt und verachtet, noch mehr lieben, damit er sie nicht mehr verachte. Sie würde sich mit keinem von dort einlassen. Auf dem Weg zum Hotel Embassy kam ich an den Golfplätzen der Amerikaner vorbei, an den Fußballfeldern der Briten, den Hockeyplätzen der Inder, und dann am Ehrenmal für den deutschen Landser. Im Eingang zu Dereks Büro bemalten zwei Einheimische die Wände des Treppenhauses. Sie gaben mir lasch die Hände und lächelten mich sonnig an. Derek sagte, daß er nicht nur Technologie geben, sondern auch etwas von afrikanischer Kultur haben wolle. Wiedereinmal hörte ich das Wort Tausch. Die Einheimischen sollten weiterhin ihre Bräuche pflegen. Ich bezweifelte, daß es ihr Brauch war, weißgekalkte Wände buntzumalen. Derek sagte, der Tausch gelinge nicht wie vorgesehen. Sie hätten den dort ansässigen Künstlern in der Stadtmitte einen Pavillon gebaut, wo sie ihre Werke ausstellen sollten, doch seien die Künstler nicht gekommen, und nun könne man dort das gleiche Zeug kaufen, das jeder Inder in der Morogoro Road weitaus billiger anbiete. »Wir reichen die Hand, aber die nehmen sie nicht, oder sie nehmen sie so schlaff, wie sie einem hier die Hand schütteln. Wir geben ihnen Asphalt, sie ziehen eine fünf Zentimeter dünne Schicht über den Landstraßensand, so daß nach der ersten Regenzeit von Straße keine Rede mehr sein kann. Wir könnten die Straße selber bauen, aber unser Auftrag ist, ihnen beizubringen, wie man eine Straße baut. Wir sagen ihnen, daß sie was falsch gemacht haben, und sie lachen uns an, als hätten sie sich das neulich selber gedacht. Irgendwann macht diese Freundlichkeit dich fertig, dieses Dienerhafte, diese Freude über alles, obwohl nichts klappt. Es kann mich rasend machen, daß es denen meistens schon genügt, dazusein. Sie sitzen im Schatten und grinsen dich an. Du fragst, ob es ihnen gutgeht, und sie sagen, es geht ihnen gut.«

Der Demonstrationszug war vorüber. Fünftausend, schätzungsweise. Nun kam ich an Plakatwänden vorbei, auf denen stand »Ich bin ein Ausländer«.

Darunter standen zwanzig Namen, die jeder kannte. Wollten sie sagen, sie seien die besseren Deutschen?

Zuerst faulen die Finger- und Zehenspitzen, dann Hände und Füße, Arme und Beine, bis Rumpf und Kopf übrigbleiben, womit man sich auf einem Skateboard fortbewegen kann. Als ich Konzentrationslager aufsuchte, verstand ich mich nicht als Täter oder Beschuldigter, wohl aber als Nachkomme der Täter. In Afrika war *ich* Beschuldigter. Als Deutscher habe ich eine zeitliche Schutzzone zwischen mir und den Massenmorden meiner Landsleute. In Afrika gehörte das Greuel jedoch meiner Zeit an. Im Konzentrationslager schwor ich mir, aus dem Geschehenen zu lernen. In Afrika mußte ich mir eingestehen, daß ich nichts gelernt hatte. Dabei habe ich keine Verhungernden gesehen, nur den normalen Mangel und die normalen Krankheiten. Das Elend war nicht, was dort zu sehen war. Es kam von dort, wo auch ich herkam und wieder hinwollte.

Im obersten Stockwerk des Hiroshima Ann Hotel, die Sicht zum Hafen war klar, hielt eine Klimaanlage die Bar auf achtzehn Grad. Akira trank Kaffee, ich Tee. Ich gewöhnte mir gerade das Schlürfen an, er hatte es sich abgewöhnt. Ich verbeugte mich zum Abschied, er hielt mir seine ausgestreckte Hand entgegen. Vorher, mit der Warnung, er werde eine unhöfliche Frage stellen, wollte er die Stationen meiner

Reise wissen. Da sah ich die, denen die Lepra die Gliedmaßen abnagte, deren Restkörper als letztes die ausgestreckte Hand in Form einer Mulde in der Schulter zeigten und einen Blick hoch zum Vorbeigehenden zustande brachten, und der einzelne Gringo mit seinen paar Travellerschecks in der Brusttasche war einen schauderhaften Moment lang konkret der eine Mensch, der dieses eine Elend verbrochen hatte, vor dem er nicht stehenblieb, obwohl das Elend so guckte, als sollte er einmal stehenbleiben, und der mit einer Handbewegung... Du bist in Daressalaam nicht so blöd, einem von der Lepra zum Kriechen Gezwungenen paartausend Shilling zu geben, das schafft Ärger und keine Ablösung. Also gehst du hindurch, sagte ich. Ich sah die, die dafür langsam krepierten, ohne zu bluten, daß ich die siebenhundert Kilometer nach Tokio mit dem Shinkansen in viereinhalb Stunden oder diese fünfundzwanzig Stockwerke in acht Sekunden mache, sagte ich. In Japan müsse ich immerzu an Afrika denken, obwohl ich in Japan an Japan denken wollte, sagte ich, wir seien eine Täterachse, von New York über Frankfurt bis Tokio. Ich betonte, daß ich nicht unhöflich sein wollte, Akira versicherte, daß ich es nicht war, womit er wiederum nicht unhöflich sein wollte. Wenn er »ich« sagte, tippte er mit einem Zeigefinger auf die Nasenspitze.

Eine Woche später stieg ich dort wieder aus. Mit

einer Deutschen, die ich im Zug kennengelernt hatte, teilte ich das Taxi. »Das ist nicht mein Hiroshima«, stöhnte sie mehrmals. Ich hatte noch des Freundes »Das ist nicht mehr mein Berlin« im Ohr, worüber wir uns zerstritten hatten. Beim zweiten Mal in der Stadt der sechs Flüsse traf ich Michiko. Wir kamen an die Stelle, wo die Bombe einschlug und Seiko jetzt die Uhrzeit zeigte. Da war eine quirlige Zweimillionenstadt. Alles funktionierte. Keine Gründe zum Grauen. Die Deutsche aber, von der ich Michiko erzählte, war in Andachtsstimmung, als ginge sie auf eine Beerdigung, nach Hiroshima gekommen. Die Lebenslust der Menschen dort beleidigte sie. Was ihr fehlte, war das Leid anderer. Eines Abends setzte sie sich ans Ufer des Motoyasu, an dem ich mit Michiko entlangging, und warf die Geschenke, die sie erhalten hatte, ins Wasser. Das Schauspiel war, daß nichts geschah. Die Bücher, Fächer und Kataloge, obwohl von großem Gewicht, gingen nicht unter, trieben an der Oberfläche auf die Mitte des Flusses zu. Daraufhin sprang die Frau ins Wasser, schwamm zu den Geschenken und holte sie heraus. Auf einer Brücke, die den Fluß überquert, blieben wir stehen, und Michiko sagte: »Als die Bombe fiel, sind viele Menschen vor der Hitze geflohen und in den Fluß gegangen. Dort unten auf dem Grund des Motoyasu, dort kann die Frau, wenn sie suchen würde, ›ihr‹ Hiroshima wahrscheinlich noch finden. Sie ist nah dran gewesen. Wir aber wollen dort nicht hin.«

Was mochte diese bekannten Menschen deutscher Staatsangehörigkeit, die Kriegs- und Nachkriegskinder waren, bewogen haben mitzuteilen, sie seien Ausländer? Müßte dann nicht einer, der Tierversuche ablehnte, behaupten, er sei ein Tier? Oder wollten sie sagen, daß sie viel herumkamen? Sie schnappten nach einem Image. Es waren nicht die Jüngsten. Sie wollten guter Mensch sein. Mich ekelte, als ich empfand, daß alles darauf angelegt war, ein Leben lang vor sich selbst wegzulaufen und anderen mit Vorwürfen nachzustellen, von denen man sich selber verfolgt fühlte.

Ich saß an einer Haltestelle, drehte eine Zigarette und freute mich jedesmal, wenn der Blick zu dem Plakat von Bussen verstellt war. Ich machte mich auf, überquerte die Straße und ging an dem Auto der Freundin vorbei. Es war ein Reflex geworden, unterwegs auf den Straßen bei Autos wie ihrem mir zu wünschen oder vorzustellen, sie sitze darin und sehe mich. Sie saß in ihrem Wagen, und sie nahm mich mit.

Ich erzählte, in was für einem Tag ich mich befand, und sie lenkte uns nach Wannsee. Ich erzählte, als müßten ganz schnell zehntausend Wörter raus aus mir. Sie hatte nicht viel Zeit. Es war eines der wenigen Male, daß wir uns nur unterhielten. Wir setzten uns auf eine Anhöhe über dem Wannsee. Die Farben hatten nachgelassen. Das Grün war dunkel, der Himmel fahl. Der Dämmerung fehlten jegliche aufsehenerregenden Rottöne. Es war ein weißer, kalter Untergang. Gleich würden die Minuten kommen, in denen alles schwarzweiß aussah. Der See war ruhig, nur weiter hinten rauhte eine Strömung das Wasser auf. Dort trieben erst drei, dann zwei weiße Linien auf dem spiegelglatten See. Wir zeigten sie uns zur selben Zeit.

Vor Monaten, als wir uns kaum kannten, spielte ihr Mann eine bedeutendere Rolle als jetzt, da wir Freunde waren und sie immer noch mit ihm zusammenlebte. »Warum macht er uns keinen Ärger«, fragte ich. Vor Monaten redeten wir öfter über ihn. Am Anfang hatte er Macht über mich und sie, eine Überreaktion hätte man verstanden. Damals antwortete er kaum, ließ uns gewähren, war sogar behilflich. Als sie bereits bei mir schlief und bis morgens bleiben wollte, stimmte er zu. Hätte er nein gesagt, hätten wir uns danach gerichtet. Der Mann aber ließ seine Frau mit mir machen, was wir wollten. Wahrscheinlich wollte er warten, bis wir schnell am Ende wären.

»Was erwartest du«, fragte sie, »eine Dreiecksgeschichte mit herzzerreißenden Abschieden? Wir sind bloß verheiratet. Das zerreißt kein Herz mehr, wenn man merkt, daß andere Sachen schön sind.« Am Anfang sagte ich, ich wäre der Dritte nicht. Nun war ich derjenige, der am meisten darüber staunte, daß es so gekommen war.

Warum machten *wir* uns keinen Ärger? Wo war der Streß der Verliebten, wo die Falle, in die sie aus Blindheit tappten? Wo schwächten wir uns? Es war üblich, daß man sich irgendwann auch übereinander ärgerte, sich gehen oder hängen ließ, faul wurde und anstelle des anwesenden anderen ein »liebendes Gedenken« pflegte. Es war mir nicht möglich, uns über ein Problem zu beschreiben. Doch wird sie behauptet, wird sie in die Waagschalen der Wörter gelegt, ist die Liebe gefährdet. Sie ist Befindlichkeit, Summe von Taten, Geruch, keinesfalls Redestoff. Wo sie buchstabiert wird, ist sie am Verschwinden. Wie kann ich mich äußern, ohne das Gefühl zu schwächen? Wie sprechen, ohne zu beschädigen? Liebe ruft nach Worten, und Wörter pressen Liebe.

Es beginnt bedeutungsvoll, man meint, von jetzt auf sofort in einen neuen Lebensabschnitt getaucht zu sein. Die Welt zeigt sich in einem Licht wie nie. Was schwierig erschien, wird einfach. Wenn die Sensation vorbei war, fühlte man sich wieder als der, der man vorher war, und die Liebe nannten sie dann Beziehung. Dieses Arrangement hielt, bis einer reif wurde für eine neue Sensation, die er anderswo erblicken mußte. Man fand zueinander, da man am Ende des Blickes des anderen einen Schaden erkannte, den man selber hatte, und trennte sich, wenn man nach allen Verblendungen auf das Zusammenführende, den Schaden, hätte kommen müssen. Üblich war aber, zärtlich zum anderen zu sein, meistens so lange, bis sich zeigte, daß die eigene unbekannte Angriffslust stärker war als die erstrebte Eintracht. Man war erst verlogen lieb, dann verlogen böse, und trennte sich, wenn man die Würde voreinander verloren hatte.

Mit der Freundin kam ich ohne Umweg dort an, wovor die Verliebten, die ich gewesen war, flüchteten. Wir trafen uns etwa dort, wo *wir* waren, nicht irgendwelche porzellanenen Schönheiten, in die man sich verguckt, um die eigene Häßlichkeit nicht sehen zu müssen. So fallen mir keine Verstellungen oder Anähnlichungen ein, die wir uns vorgespielt hätten und die dann aufgeflogen wären. Vielmehr sah ich, wie ein jeder seiner eigenen Lust näher kam und dem Schaden, der ein Motor dieser Lust war. Wir, die mit unseren Gewalterinnerungen spielten, sie nie verborgen hielten, sondern im Liebesspiel entdeckten, wurden nach den Kämpfen weich und zart, wie es die Verliebten, die ich früher gewesen war, nicht kannten, als sie in Harmonie beinah zerflossen.

Es war nun normal, Glück und Leid in einem zu empfinden. Immer taten wir etwas, zu dem uns unsere Eltern und die Zeit unserer Kindheiten in den

Sinn kamen. Was uns da alles einfiel, hob die Stimmung nicht, machte uns aber auch nicht schwer. Unsere zum Verwechseln echt nachempfundenen Mißhandlungen halfen uns zu erinnern, und nicht zu vergessen, woher wir kamen. Und wir wollten uns erinnern; schließlich kamen ständig Bilder zum Vorschein, die weggewesen zu sein schienen. Vielleicht waren die Ratschläge des Freundes passend für Begegnungen ohne Geschichte, wie er sie bevorzugte. Hatte sein zweiter Ratschlag nicht allein das Ziel, eine Geschichte *loszuwerden*?

Winde wehten über den See. Sie rauhten die Oberfläche zu kleinen Wellen auf, die kaltsilberweiß glitzerten, als Flächen oder Linien. Die Winde ließen nach und kamen wieder. Unser Schauspiel war zu schauen, wo der See als nächstes weiß würde. Nie wurde er ganz und gar weiß.

13

»Schade, daß du nicht meine Freundin bist«, sagte Jana. Wir saßen in einer Pizzeria, wo der Kellner die Gäste duzte. Sie hatte noch nicht von neuen Stücken, Geldern, Proben, Erstaufführungen gesprochen. Seit diesem Sommer schauten wir uns anders an, genaugenommen seit dem Abend in Grotewohls Sitzungszimmer. Wir schienen Abstand und Nähe gleichzeitig gewonnen zu haben.

»Ich könnte dein Freund sein«, sagte ich. Sie schüttelte den Kopf. Im nächsten Moment drehte sie ihn nur noch lasch hin und her. Ich fragte, was sie als nächstes mache. Sie sagte, sie ginge ins Kloster. Es dauerte eine Weile, bis ich herausfand, daß sie keinen Witz erzählt hatte.

»Wie findest du das?«

»Ist eine Möglichkeit.«

Janas Forscheraugen! Sie wollte mir hinter allen Wörtern, die ich von mir gab, ansehen, ob ich etwas anderes darüber dachte, als ich sagte. Verriet sogleich, wer von denen, die bereits wußten, wie reagiert hatte. Das Abenteuer schien in erster Linie zu sein herauszufinden, wie die, die sie kannten, ausschauten, wenn sie davon hörten. Ich wurde den Verdacht nicht los, Testperson zu sein.

»Dann hast du erreicht, was du wolltest.«

Sie nickte. In dem Zisterzienserkloster würde sie schweigen müssen. Sie wäre nicht zu erreichen. Ihr würde gesagt werden, was sie zu tun hätte. Als sie zum ersten Mal nicht von einem neuen Stück erzählte, erzählte sie von einem wirklich neuen Stück; nur sollte es nicht auf der Bühne stattfinden.

Ich verstand vor allem, daß sie nun die war, die gehen würde, und daß wir uns vorläufig zum letzten Mal sahen.

»So einen Schritt traut man sich nur selten zu. Es muß der richtige Moment sein. Jetzt ist der richtige Moment.«

Manche fliegen um die Erde, um allein zu sein, dachte ich, andere machen es wie Jana.

Wir zogen nach dem Verlassen des Restaurants nicht wie sonst ins Gespräch vertieft weiter, sondern küßten uns zum Abschied vorm Taxistand an einer Straßenkreuzung. Sie würde mir schreiben, sagte sie, und daß sie selber dort keine Post erhalte.

14

Ich hatte mehr Innenstadt als Vorstadt gesehen, und wir fuhren zum Motzener See. Der Himmel war klar, das Licht schon etwas kalt. Ich schwärmte vom Himmelblau, vom Feldergrün und vom Frühherbstgelb. Später vom Borkenbraun, vom Kieferblau und vom Wassersilber. Mit mir war nur zu schwärmen. Ich mühte mich, die wirklichen Farben auf meiner Vorstellungspalette unterzubringen. Die Farben waren wie zum ersten Mal gesehen, so daß ich den Verdacht bekam, es wäre das letzte Mal. Wir saßen dort im Freien, bei Kaffee und Kuchen. Der Baumstamm, an den der Tisch gekantet war, bewegte sich – oben war Wind – um Millimeter. In meinen Augen sowie in dem verkleinerten Ausschnitt war das eine traumhafte, gegen alle physikalischen Gesetze angehende, Schweben verursachende Bewegung. So staunte ich Oh! und Ah! über Himmel, Wasser und Wegesränder, und jeder Augenblick war noch umwerfender als der davor, der mich kaum mehr auf den Beinen hielt.

Derart durch den Sonnentag jubelnd wie dort am Motzener See, wurde ich mit dem Nachlassen der Farben draußen matt und döste und dämmerte, bis ich den Tag zu beenden hatte. Und so zersprengt in tausend Teilchen, wie ich mich am verdämmerten Abend empfand, so kompakt erwachte ich dann, als Aufmerksamkeitsbündel, noch bevor ein Getränk aufgebrüht war. Während des Schlafs wurden die versprengten Geister des Vorabends zu einem. Hier bin ich, das Zentrum. Ermüdet als Provinzstationen, erwacht als Hauptbahnhof. Geschlafen während einer Fahrt durchs weite Land, während des Herumdrehens von einer Seite auf die andere, als die Vögel mich nicht weckten, doch den Schlaf verflachten und das Land öffneten.

Ich weiß nicht mehr, wer damit angefangen hat. Im Laufe des Sommers redeten der Freund, die Freundin und ich immer öfter von Dreiecken. Glückliche suchen hin und wieder nach dem magischen Schlüssel für ihr Glück. Sie besäßen ihn gern. Drum tasten sie sich an seine Form heran. Ein Dreieck war da, wenn zwei unerwartet erfuhren, daß sie von einem Dritten wußten. Die Koinzidenz wurde als Bestätigung verstanden. Das vermehrte das Glück.

Dreiecke konnten entstehen und vergehen, konnten geben und nehmen. Mit entdeckten Dreiecken konnte man das Glück erklären, mit vergehenden Dreiecken konnte man ein Unglück erklären. In ihnen fühlte man sich behütet, außerhalb ihrer verloren. Dreiecke waren eine Kraft, die sich, wie jede Kraft, auch gegen einen selbst kehren konnte.

Gleichzeitig gab es noch eine andere Deutung für Dreiecke, von der einem Kokainisten gern erzählten. Sie verglichen ihr Befinden mit jemandem, der in einem Muster gleichförmiger Dreiecke von einem zum anderen springt und schwören könnte, daß jenes, auf dem er augenblicklich sich befinde, das schönste von allen sei.

Ein Dreieck: In den Tagen, als ich mit dem Freund über das Klavierspielen von Glenn Gould stritt, war auf meinem Anrufbeantworter Bachs Italienisches Konzert von einem Gulda-Cembalo zu hören. Ein Bekannter begann seine Nachricht mit dem Satz, er möge das Italienische Konzert, doch sollte ich besser eine Aufnahme von Glenn Gould verwenden.

Dieser Mann war Musikkritiker und hatte mir zum ersten Mal von Gould erzählt. Seine wilden Jahre waren vorüber, und die siebziger schienen nicht zu vergehen. Der Radiokleinarbeiten müde, hatte er den Wunsch, sich zurückzuziehen und ein Buch über Außenseiter seiner Generation zu schreiben, zum Beispiel über Glenn Gould. Oder sagte er Verweigerer? Zwei weitere Namen habe ich vergessen. Lebende Legenden, die sich zum Kunstbetrieb anscheinend quer stellten, jedenfalls einen eigenen Kopf verrieten. Das Andenken an sie pflegten jene, die zähneknirschend auf dem Marsch in die Anpassung waren. Davon erzählend, wußte er, daß er solch ein Buch nicht schreiben würde. Er konnte sich nicht vorstellen, zwei Jahre nicht zum Radio zu gehen oder hinterher wiederzukommen. Der Mann schwärmte von Gould, doch er schwärmte von sich als Widerspenstigem, also von der Vergangenheit. Und wird uns bis ans Ende erzählen müssen, was für ein toller Typ Glenn Gould gewesen sei.

Ich erzählte das dem Freund. Wem sonst. Ich erzählte etwas der Freundin oder dem Freund, keinem sonst in diesem Sommer.

»Ein bißchen Gouldwissen ist ein bißchen Gouldhaben. Und schon bist du verkabelt mit dem Netz der Halburteile und kannst die dreivier Dinge, die du weißt, eintauschen gegen Hunderte, die du halb weißt«, sagte er.

Von Dreiecken war wieder die Rede, als ich ihm erzählte, Jana gehe ins Kloster. Er mochte Jana nicht, er hätte ihr nicht nachgetrauert, doch war ihm dies Anlaß, von einem gemeinsamen Bekannten zu erzählen, der öfter nach der Arbeit zu ihm kam.

»Jetzt kippen Dreiecke um. Wie Dominosteine. Vorsicht!«

Seit unser gemeinsamer Bekannter von einem Tag auf den anderen den üblichen Drogenkonsum einstellte, fühlte er sich als Verfolgter. Von dem Tag an meinte er, allen, auch jenen, die ihn nicht kannten, den Gedanken abzulesen, er sei Drogennehmer. Mich hörte er über einen Stadtsender beruhigend auf ihn einreden; wo er auch war, tat man ihm etwas ins

Bierglas; alles, was er hörte, war verdeckte Anspielung auf ihn.

Wir beschlossen, gut auf uns aufzupassen und dem Bekannten zu helfen. Ich war dabei, wenn er nachmittags kam. Was hieß schon helfen. Dasein. Lächerlich klangen wir, wenn aus uns Helfer klangen.

Unser Ziel war ein Schiffshebewerk. Die Alleen, durch die wir fuhren, schützten uns am Vormittag vor der Sonne, mittags vor dem Sturm und gleich darauf vor dem Regen. Wir hörten die Kantate 4. Einmal täglich war sie Pflicht. Lange fuhren wir durch Alleen. Das Duett begann in einem Tunnel ineinanderragender Linden und klang aus, wo Pappeln die Straße säumten.

Am Oderstrand saßen wir im Gras. Er spielte Gitarre. Die Melodie hörte sich an, als sei sie längst bekannt. Er sang:

»Es war einmal und ist nicht mehr, denk ich daran, wird mir mein Herz so schwer.«

Dann fragte er mich, wie es weiterging. Ich sagte:

»Mußt du mich fragen, wie es wirklich damals war?« Er sang:

»Ich werds dir sagen, es war wunderbar.«

Die erste Strophe war fertig.

Er schrieb einzwei Texte im Jahr und hatte nun zwanzig Lieder. Die Stücke wurden immer harmonischer, die Texte jedem verständlich. Schrammte er anfangs Gitarreidealen nach, so spielte er jetzt Lieder, die wie Kinderlieder klangen. In diesem Jahr hörte ich zum ersten Mal seinen Grundton. Er war das Unverwechselbare an jedem Lied, das er spielte. Selbst fremde wurden so zu seinen. Er spielte sie wie nur er.

Es war einmal und ist nicht mehr
Denk ich daran wird mir mein Herz so schwer
Mußt du mich fragen wie es wirklich damals war
Ich werds dir sagen: Es war wunderbar

Aus »Ist nicht mehr« wurde »Wird nicht mehr«, aus »Mußt du mich fragen« wurde »Du mußt mich fragen«, und die zweite Strophe war fertig. Am schwersten war, einfach zu bleiben. Nach wenigen Minuten hatten wir den Mittelteil; »Licht« reimte sich auf »nicht«, und die nächsten Hauptwörter hießen »Wunder«, »Leben« und »Traum«. In der dritten Strophe wurden dieselben Wörter anders betont.

Jeder konnte sich seines vorstellen, da besungen wurde, daß etwas vorüber war. Wir hatten das gleiche vor Augen. Nun galt es, mit keinem Wort zu sagen, woran wir dachten, mit jedem aber, welches Gefühl wir meinten. Das Wort, mit dem es knapp zu benennen war, sollte in dem Lied nicht zu hören sein. (Später, als er es zwei Erwachsenen und zwei Kindern vorspielte und die letzte Strophe mit »Ich werds dir sagen, es war ...« und einer Pause beendete, sangen die Kinder im Chor weiter. Die Dreijährigen hatten verstanden: »Schön«.)

Bei diesem Lied, es heißt »Wunderbar«, war das Neue, daß wir uns von den ersten Zeilen an den Gesetzen einer Schnulze, eines Liedes für jeden unterwarfen. Dabei störte jedes Denken. Es war nur zur Kontrolle nützlich, hinterher.

Früher bastelte er an manchem Text über Monate. Früher plagte eine einzige Zeile ihn tagelang. In diesem Sommer, wenn ich nach einem Wort suchte, sagte er, ich solle aufhören. Man kann nicht stoppen, wenn man meint, sich an etwas erinnern zu *müssen*. Es fällt mir erst wieder ein, wenn ich nicht krampfhaft erinnern will. Wir verbissen uns nicht mehr an diesen Textfragen und vergaßen die Sache – bis sie Stunden oder Tage später von allein auftauchte, gelöst: Ein in anderem Zusammenhang gebrauchter Ausdruck wurde als jener entdeckt, den wir suchten.

Hätten wir jemals nach Wörtern *gesucht*, so hätten wir still sein müssen. Aber kein Tag mit dem Freund ohne zehn- bis hunderttausend Wörter. In dem Geröll verbargen sich die Schätze. Entdeckten wir einen, wiederholten wir ihn, bis er zum Wortschatz gehörte und Teil unserer flapsigen Geheimsprache war: »Ist das ein Blättern im Nervenkatalog!«, als zwei Fahrer dort, wo die Straße einspurig weiterführte, eine Vollbremsung machten und querstanden. »Gut getuned«, weil er die »Dumbos« kommen sah. »Alles eine Frage der Trickleiter«, wenn jemand nicht weiterwußte. »Bevor eine Frau dich in ihre Hölle ziehen kann, mußt du sie in deinen Himmel heben« zum Thema Nummer Eins. Jeder mußte seinen Platz im zukünftigen großen Land finden und sich schließlich mit ihm anfreunden, wenn er nicht verlorengehen wollte im Gewühl, wo von allem mehr und für manche zuviel da war. Während wir durch die Überfülle an Lärm, Gestank und Müll rollten, war unser Überfluß einer aus Wörtern; pausenloses Palaver, nichtkontrolliertes Hinauslassen auch von Unausgegorenem; dazu das Bachhören und Warten auf Aufnahmen, die uns betörten. Manchmal schaltete ich einfach ab, wie ich es auch in einer zu vollen Bahn getan hätte; doch keiner ließ den anderen sich ausklinken. Eher wurde dann etwas mit Vorsatz gesagt, worauf der Ruhe Suchende widersprechen, also wieder sprechen mußte.

Wir fuhren vom Oderstrand auf eine Anhöhe, sangen ununterbrochen das neue Lied, und dort oben rief ich mehrmals »Alles Neuland!«, und er, ebensooft, »Alles Altlasten!« Was ich auch schön fand, er machte es häßlich. Die Farben wurden mir wieder so deutlich wie am Motzener See. Jeder sah, was *er* sehen wollte. Keiner ließ nach. Wies ich ihn auf eine

Natur hin, dozierte er über die vom alten Staat verhunzte. Bald sagten wir einander nicht mehr, was wir sahen oder dachten, sondern was dieser Kontrarhetorik diente. Wer uns zuhörte, mußte denken, wir gingen gleich aufeinander los. Beleidigt und verletzt hatten wir uns früher, wenn immer einer wegging. Indem wir uns alles ins Gesicht sagten, machten wir aus den Verletzungen ein Spiel. Und horchten dabei auf, als sei es Ernst. Besonders die Spiele waren Ernst. Auch wenn wir streitend einen Raum betraten und man es merkte, waren wir einig gegen jeden, der uns trennen wollte. Niemand konnte uns so treffend verletzen wie ich ihn und wie er mich. Darum hatten wir uns getroffen, genervt, gesucht und schließlich *gesehen.* Seit wir einen Schnellfrieden nicht mehr suchten, hatten wir keinen dieser dumpfen Kräche. Unsere Freundschaft war ohne Verletzungen nicht zu denken und nicht zu machen. Als wir zuließen, uns zu verletzen, war sie besiegelt.

Auf dem Weg nach Niederfinow, in einer dieser verkrumpelten Alleen, wollte er eine Bach-Tokkata von Glenn Gould gespielt hören, ich weigerte mich, die Kassette einzuschieben, er tat es. Es war eines der Stücke, die er früher zu hassen vorgab. Seine Schultern verkrampften sich beim Fahren, der Boden war uneben, die Sandspur ausgetrocknet. Kein Baum glich dem daneben. Erst von weitem sähen sie wie eine Einheit aus. Das Stück war gerade zu Ende, als er unter der Kanalbrücke des Schiffshebewerks bremste.

Ich dachte, er hätte Gould vergessen. Lange her, daß er auf ihn schimpfte. Mir gefiel die Kantate 54, gespielt vom Holzfällersohn, gesungen von der Farmerstochter, immer besser, und ich wünschte, nie eine Fassung von Anneliese Rothenberger hören zu müssen. Mein Blick verlor sich in den Stahlstreben, unter denen wir parkten. Er schaute zur Kanalbrücke hoch und schüttelte den Kopf. »Nein! Nein!« Wir stiegen aus.

Obwohl man zuschauen konnte, wie ganze Schiffe in einer Trogwanne von der Oder in die sechsunddreißig Meter höhere Havel gehoben wurden, war so gut wie nicht zu *sehen,* welche Leistung dieses Bauwerk schaffte. Tausende Stahlteile wurden von Hunderttausenden akkurat gesetzter Schrauben und Nieten zusammengehalten. Der Freund verspannte die Schultern, als imitierte er wieder einen Geher.

»Das hat Gould gemeint«, sagte er, »Töne, folgerichtig und logisch wie diese Nieten hier. Aber Bach ist die Allee.« Auf einer Tafel stand geschrieben, daß das Schiffshebewerk 1934 in Betrieb genommen wurde.

»Glenn Gould wurde 1932 geboren«, sagte ich.

»In einer Allee wächst kein Baum gerade. Sie stehen nie im gleichen Abstand. Und trotzdem bilden sie eine Ordnung, oder deswegen. Stell dir vor, jeder Alleebaum wäre wie der neben ihm, so wie hier eine Niete der anderen gleicht.« Gould habe die Ordnung einer solchen Stahlkonstruktion gespielt, und Bach habe die Ordnung einer Allee vor Augen gehabt. Er führte das auf dem Rundgang durch Unterhafen und Oberhafen immer weiter aus. Ich fragte ihn, was er beweisen wolle.

»Daß nichts bis zum Grunde zu beweisen ist. Daß es immer die unbewiesene Stelle dessen gibt, der beweisen will. Du siehst dein Auge nicht. Ich danke dir.«

Er umarmte einen Stahlpfeiler und küßte ihn.

Dann war er still. Kam von dem Stahl nicht mehr weg. Lief Niete um Niete ab. Wann hatte er jemals den Kopf gesenkt, wann war er still gewesen? Wann waren wir gefahren und hatten geschwiegen? Immer wenn eine Allee vor uns lag, zeigte er mit dem Finger auf etwas und sagte nichts.

Auf dem Rückweg hielten wir vor dem Haus, wo Otto Grotewohl und Jana gewohnt hatten. Es war ein Ort für literarische Veranstaltungen geworden. Wo das Bronzerelief mit zwei ineinandergreifenden Händen hing, klebten Köpfe von Menschen, die Bücher geschrieben hatten. An der Treppe zu den Sitzungszimmern schob der Hauswart mit einem Funkgerät Wache. Die Säle waren in hohe Wattleistung getaucht und wie weiß. Allein Grotewohls Sitzecke und sein Rundfunkgerät Prominent de Luxe waren seitlich der Bühne erhalten. Wir saßen eine halbe Stunde in einem Sofa, betrachteten die Eröffnungsgäste und waren beim Gehen gewiß, daß wir nicht zurückkommen würden.

15

Der Freund saß auf seinem roten Sofa. Daneben stand die rote Gitarre. Vor ihm ruhte der weiße Hund und döste die anderen mit nie ganz geschlossenen Augen an. Der Freund ging mit der Gitarre zu seinem alten Schreibtisch und zog die Goldkette unter dem T-Shirt hervor. Sein Traum war verwirklicht. Die Männer auf den roten Sesseln drehten sich ihm zu. Er spielte »Wunderbar«, er spielte »Sieh dich vor«, »Der schwarze Prinz«, »Ich«, »Weiß« und »Es«. Dann stellte er die Gitarre in den Ständer und drehte eine Zigarette. Die beiden Männer schalteten ihre Geräte aus. Ich öffnete die Balkontür, der Freund fläzte sich ins rote Sofa und sagte »Das isses«. Die Männer hatten gute Laune, tranken trockenen Weißwein und redeten über Mietpreise. Dann brachten wir sie zur Tür.

Der Freund war zu keiner Schallplattenfirma hinzubewegen. Seine fixe Idee war, sie müßten zu ihm kommen. Seit letztem Sommer erzählte er herum, daß er keine Mitschnitte seiner Lieder mehr erlauben würde. Kein Lied hätte eine letzte Fassung, sie wechselten von Mal zu Mal, undsoweiter. Dieser Weg dauerte ein paar Jahre länger, er brauchte diesen Weg, und er schien angekommen zu sein. Die Männer gingen offenbar guter Dinge. Lange Zeit hatten seine Bekannten sich gegen den Kopf geschlagen, wenn sie diese Lieder hörten und dann seinen Stolz verkraften mußten, sie nirgends anzubieten. Seit dem Besuch der Männer tat er alles, was man tun mußte, um die Lieder bekannt zu machen.

In den Tagen, als er die Antwort der Männer aus Hamburg erwartete, konnte ich ihn in seiner Wohnung nicht erreichen, und er rief auch mich nicht an. Das war neu. Sein Anrufbeantworter war nicht eingeschaltet, und es war schwierig, die Sache nicht zu dramatisieren. Ich versuchte jemanden zu finden, der etwas wußte. Niemand hatte ihn gesehen, niemand hatte Außergewöhnliches bemerkt. Wäre ihm in der Wohnung etwas passiert, hätte der Hund Geräusche gemacht. Es wurde hin und her spekuliert; immer wieder ging die Sorge um den Verschwundenen über in etwas zu groß geratene Nacherzählungen von ähnlichen Fällen. Wo war der Hund? Hatten sie unterwegs in Brandenburg einen dummen Unfall gehabt? Die Wohnungstür war nicht aufgebrochen. Dann traf ich einen, der Bescheid wußte.

Es soll so gewesen sein, daß einer Geld und ein anderer das Wissen hatte, und daß unser gemeinsamer Bekannter, der sich seit Wochen verfolgt fühlte, die beiden zusammenbrachte. Am Ende hätte jeder von ihnen mehr Geld gehabt. Der das Wissen hatte, wurde bei seiner Rückkehr aus Bolivien am Flughafen festgenommen. Ein Tip. Das Dreieck war dahin. In der Zeitung stand, selbst die Zöllner hätten den Trick noch nicht gekannt. Der Freund war im Gefängnis.

Vorher hatte einer den anderen gestärkt. Jetzt machte einer den anderen fertig. Der Festgenommene verriet den Namen des Geldgebers. Der gab den Namen unseres Bekannten an. Und der nannte alle Namen, die er kannte.

Ich mußte die brisante Geschichte eine Weile für mich behalten. Wenn ich meine Situation bedachte, fühlte ich mich nicht behütet in Wannsee, in den Räumen oder im Garten, dann beim Zusammenpakken meiner Sachen. Mit dem Geschäft hatte ich nichts zu tun. Jeden Moment war allerdings damit zu rechnen, daß eines der Dreiecke, die mich hielten, umfallen würde, daß ich im Herbst jammern müßte, wie ich im Sommer jubelte. Manchmal fürchtete ich für die Freundin.

Einzwei Wochen lang tat ich nichts anderes als, in Erwartung des Zusammenbruchs der Hauptverbindungen, aufzupassen, daß keine Unachtsamkeit zu einer Kette von Reaktionen führte, die ich nicht wollte. Manchmal witterte ich ein Selbstzerstörungsklima, bewegte mich doppelt vorsichtig, um von ihm nicht infiziert zu werden, schlief lange, aß gesund, verzichtete auf Alkohol. Nachdem ich der Freundin alles über den Freund und den Sommer erzählt hatte, vom Anfang bis zu meiner Bewaffnung gegen umfallende Dreiecke, da war der Kampf gewonnen.

Einmal unterwegs, sagte ich, spielte er durch, was geschehen würde, wenn eine unerwartete Autokontrolle bis in seine Hosentasche führte, und er ließ keinen Zweifel daran, daß ich genauso drinhängen würde wie er. Er sagte es so, als würden wir nur bis zu diesem Moment Freunde sein. Er sagte, er kenne sich. Er wollte ehrlich sein, dachte ich, sagte ich. Er hatte, wie so oft, alles gesagt, nur hörte man an den Ehrlichkeitsstellen nicht aufmerksamer hin als an anderen.

»Und ich habe ihn kein einziges Mal gesehen«, sagte sie. Sie wußten Intimes voneinander, ohne sich einmal im Leben in die Augen geschaut zu haben.

In den letzten Wannseetagen im Oktober kam sie in jeder freien Minute. Wir feierten kleine Abschiede von verschiedenen Stellen im Garten, einmal noch hörten wir der Sprinkleranlage zu. Der Sommer ging vorüber, und was er gebracht hatte, schien nicht mit ihm zu gehen, sondern zu bleiben. Was da zu erhalten, zu bewahren war! Aus ihrer Tasche ragten Zeitungsseiten mit Wohnungsanzeigen. Am frühen Abend zündete ich im Kamin Holzscheite an.

Ich wurde einmal die Woche nach einer Wohnung gefragt und hörte von keiner freien. Tausende wollten umziehen und waren gezwungen zu bleiben, wo sie waren. Eine langanhaltende Krankheit schien begonnen zu haben. Wer sich trennen wollte, konnte es nicht. Wer zusammenziehen wollte, mußte warten. Wer keine Wohnung hatte, fand keine mehr. Auf ungeahnt direkte Weise griffen Wohnungsmakler in die Liebesleben der Bewohner ein. Und Wohnungen, die zu bezahlen waren, wurden nicht über Anzeigen angeboten.

Sie warf die Zeitungsseiten zu dem Holz im Kamin.

16

Ich war ein Mietshaus nicht mehr gewöhnt, und auch nicht eine Wohnung darin, zu der man hoch, aus der man absteigen mußte. Nun war Charlottenburg mir fremd. Das erleichterte die Wiederkehr. Nun mochte ich die Straße, in der ich wohnte, und es war mir recht, mich in den Maßen der Wohnung auszubreiten, nicht in denen von Haus und Garten.

Auf dem Weg zur Werkstatt der Freundin hatte ich den Wunsch, diesen Sommer zu erhalten. Sie feilte an ihrem Wunschhaus.

»Es war ja fertig! Ich hatte es mir nur nicht zugetraut!« Von jeder Wohnung konnte man in den Innenhof wie auch aus der Anlage hinaus schauen. Wir hievten das Modell auf ein Regal. Holten wir es wieder herunter. Sie sagte, sie müsse um es herumgehen.

Wo letztes Mal die lila Wäsche hing, saßen zwei Frauen auf dem Balkon und lachten hin und wieder laut auf. Eine war die Frau mit der roten Mütze, die mir, kurz bevor ich nach Wannsee fuhr, erzählte, wie sie einem Türken, der Fahrräder stehlen wollte, in die Quere kam; nun war sie ohne Mütze.

»War es die?«

»Nein, die andere. Ihre Schwester. Der Hausbesitzer hat sie zusammengeschrien.«

»Der Hausbesitzer.«

»Unter Linken, sozusagen.«

Ich erzählte ihr die Geschichte von dem fahrradklauenden Türken, die ihre Schwester mir erzählt hatte, bevor ich...

»Bevor du nach Wannsee gefahren bist.«

»Ja.«

»Und dann?«

Es vergingen Stunden. Wir erzählten uns die Geschichte dieses Sommers, wir trieben es auf der Arbeitsplatte und sagten einander, was wir den Frauen auf dem Balkon vortragen würden, wenn wir Lust hätten, den Krieg, der Einzug hielt in der offenen Stadt, zu vermehren, und fragten uns gegenseitig nach diesem Sommer aus.

Da war der erste Tag in Charlottenburg vorüber, und in der Dämmerung wechselte ich in mein Quartier.

Ich hatte den Freund zehn Tage nicht gesehen, keine Ausflüge nach Brandenburg unternommen und seitdem kein Stück von Bach gehört. In den Wäldern fiel das Laub, und die Männer trugen wieder Sokken. Sie hatten auch die lächerlichen Hosen und Blousons aus Seide endlich im Dunkel der Kleiderschränke gelassen. Ich sang »Wunderbar« vor mich hin, ergriffen, wie es zu dieser Situation zu passen schien.

Ein Verdacht, eine Namensnennung genügte, jemanden abzuholen und zu verhören. Ab einer gewissen Größenordnung ermittelten sie nicht mehr mit dem Telephon, sondern mit der Zigarette, die sie dem Eingesperrten anboten, um ihm weitere Namen zu entlocken.

Nach zwölf Tagen erst war der Verdacht ausgeräumt. Er rief mich an, wir verabredeten uns. Ich legte die Kantate 4 auf und rannte vor Freude hinaus.

Die vier Lokale in der Straße ziehen sich um zwei stumpfwinklige Häuserecken. Im Sommer standen die Stühle bis an die Fahrbahn, und selten war ein Platz frei. Auf der anderen Seite liegt ein Kinderspielplatz mit Gerüsten, Sand und Springbrunnen, daneben, auf einem Hügel, bräunten Erwachsene die ungebräunten Stellen. Ich setzte mich an einen freien Tisch, zwischen Lesende, Frühstückspärchen und Milchkaffeetrinkerinnen.

Auf dem Spielplatz sah ich Selka, ein sechsjähriges kroatisches Mädchen aus meinem Haus, gemeinsam mit ihrer dunkelhäutigen Freundin Miriam, deren Vater aus Trinidad stammt. Es war schon der zweite Sommer, den die beiden zusammen spielten.

Ich sah Selka vier Jahre früher. Tag für Tag stand sie im Hof wie hingestellt und nicht abgeholt. Von den Eltern vor die Tür geschickt, tat sie dort nichts anderes als starr zu warten, bis die Zeit vorüber wäre. Jedesmal wenn ich sie so sah, erkannte ich einen Teil von mir wieder. Den Verlassenen, den Wartenden. Ein Jahr später, von Jahr zu Jahr mehr, freute ich mich, Selka sich bewegen zu sehen.

Waren drüben auf dem Spielplatz zwei Kinder unausweichlich verschiedener Meinung, so jagten und traten sie sich, einer nahm den anderen in den Schwitzkasten, bis die Gesichtsfarbe dunkelrot bis blau war. Sie schubsten einander von Fahrrädern und vertrieben den Unliebsamen.

Währenddessen schlurften vor dem Tische-und-Stühle-Park zwei zerzauste alte Frauen entlang, die erst vor sich hin, dann zu den Sitzenden schimpften und zischten, so daß wenig zu verstehen war, außer: »Habt ihr alle Urlaub?«

Von den Tischen kam kein Wort, nur das Hinsehen/Wegsehen.

Die Jungen schlugen sich, die Alten schimpften. Wo war eine ähnliche Energie bei denen mittleren Alters um mich herum? War sie in dem Ein-Bein-über-das-andere-Schlagen des Mannes neben mir, oder in dem abrupten Griff zum Bierglas eines anderen? Oder war es das tiefere Stieren in eine Zeitungsseite, was das Keilen ersetzt hatte, bevor man dann selber bald zischen würde? Oder war diese Energie zu dem Um-die-Ecke-Kacheln eines in seinen Sportwagen wie eingegossenen Fahrers geworden?

Am besten verstand ich das Frühstückspärchen, das sich hin und wieder auf die Oberarme boxte und sich, lachend, mit den Knien künftige blaue Flecken verpaßte.

Der Autor dankt dem Deutschen Literaturfonds e. V.
für die Unterstützung dieser Arbeit.

Bodo Morshäusers Bücher
im Suhrkamp Verlag

Die Berliner Simulation
Erzählung. 1983

Blende
Erzählung. 1985

Nervöse Leser
Erzählung. 1987

Revolver
Vier Erzählungen
edition suhrkamp 1465
1988

Hauptsache Deutsch
edition suhrkamp 1626
1992

(Hrsg.) Thank You Good Night
edition suhrkamp 1227
1985